まほろば物語

石井亮

論創社

まほろば物語

目次

まほろば物語

登場人物

速水《はやみ》　晶《あきら》
銀次《ぎんじ》
かんな
足尾《あしお》
硝子《しょうこ》
コハク
ミカゲ
スズ
メノウ
少年
母親
速水《はやみ》　久雄《ひさお》（晶の父）
妖魔《ようま》たち

1　プロローグ

ある秋の夜。満月が空にうかび、草むらのなかでは、涼やかな虫の音が聞こえている。

パジャマ姿の少年が一人、窓の外を見つめている。

少年の部屋なのか、あたりにはおもちゃが散乱し、小さな缶箱が銀色に鈍く光っている。

そこへ、母親がやってくる。病弱そうな青い顔だが、とても幸せそうな表情。

母親　まだ起きてるの？　不良少年。
少年　ねえ……お母さん。お父さん今度いつ帰ってくる？
母親　こないだの電話では、十二月ぐらいになるって。
少年　今度も持って帰ってきてくれるよね、石。
母親　そうだといいわね。今度は何がいい？
少年　うんとねぇ……エメラルド。
母親　うーん。今働いてる採石場じゃ、エメラルドは取れないわよ。
少年　そっかぁ……。
母親　なんでエメラルドなわけ？

少年　だって……お父さんが「エメラルドは五月の誕生石だ」って。
母親　え？　……もしかして、それってお母さんの？
少年　……。
母親　チャーちゃん！　アンタって子は、もうっ！（抱きつく）
少年　く、苦しいよ……。お母さん、寝てなくていいの？
母親　いいのいいの。いつも病院で横になってるから、たまに外出許可が出た時ぐらいはね。（缶箱を見て）それがチャーちゃんご自慢の宝箱？
少年　（次々と見せる）これが、サクライダーV3のメンコで、これが裏山で拾ったどんぐり。で、これは貝殻。お隣のシゲルおじさんにもらったんだ。耳に当てると波の音が聞こえるんだって。
母親　へえ。（貝を耳に当てる）ホントだ……波の音がする。
少年　次の夏に行こうよ、海。
母親　こないだ夏休み終わったばっかりでしょ。もう来年の計画？
少年　その頃には、お母さんの病気も治ってるでしょ？　お父さんと三人で行こうよ！　お弁当持って。
母親　そうね……行けるといいわね。

淋しげに笑う母親。その手にある本のようなモノに気づく少年。

少年　何、それ？

11　まほろば物語

母親　お母さん、昼間ずっと病院のベッドの中でしょ。退屈だから、絵本作ってみたの。
少年　えほん？
母親　まだ途中だけど、聞きたい？
少年　うん！
母親　じゃあ、そのまえに（床を指さし）……お片付け。
少年　はぁい……。

少年がオモチャを片付けはじめる。その姿をじっと見つめる母親。
二人が去る。
別の場所に、携帯電話を持った一人の男性が現れる。新進気鋭の作家、速水晶《はやみあきら》。場所は駅前のロータリー。スケッチブックを脇に抱えている。

晶　だから、そっちは片山さんの方でウマくごまかしといてよ。取材旅行とか何とか理由つけてさ。——うん。出版社のほうには水曜日には顔出せると思う。打ち合わせはそん時ってことで——はい。それじゃ。（電話を切る）

そこへ、ボストンバッグを持った女性がやってくる。名前は硝子《しょうこ》。晶の妹である。

硝子　速水せんせ！（晶に体当たり）

晶　（ダメージを受ける）硝子！　いってぇなぁ。

硝子　さすがに売れっ子の作家先生はお忙しそうですねぇ。はいこれ、着替え。

晶　（バッグを受け取る）先生はやめろって言ってるだろ……。

硝子　どうせまた片山さんにムリ言ってたんでしょ。あんまり担当編集者困らせてると、今に干されるわよ。

晶　大きなお世話だよ。

硝子　でも、まさか「速水晶」がお兄ちゃんだったとはね。下の名前変えてるから、全然気づかなかったわよ。

晶　本名でデビューしたら、まず間違いなく女だと思われるだろ。

硝子　まあ、たしかにね。……で？　どこまで行くつもり？

晶　ああ。（少しためらって）……これ。

晶が一冊のスケッチブックを差し出す。

硝子　（裏表紙の名前を見て）……お父さんのスケッチブック？

晶　風景デッサンの中に、一つだけ違うのが混ざってるだろ……。

硝子がページをめくりはじめる。硝子の手が止まる。

晶　な？
硝子　誰？　この人。「Kの肖像」……Kって、この人のイニシャルだよね。
晶　たぶんな。今からその「K」に会いに行く。
硝子　この人に？
晶　どこに住んでるかは、見当がついてる。まずは会って話してみないとな。
硝子　お兄ちゃん……何考えてるの？
晶　……。
硝子　ちゃんと説明して。
晶　帰ったらちゃんと話すよ。
硝子　（ため息）昔から何でも勝手に決めちゃうんだから……。（手を出す）はい。
晶　え？
硝子　お・か・ね♪　どうせ切符まだなんでしょ？　可愛い妹が買ってきてあげる。バイト代つきで……。
晶　（笑って）ちゃっかりしてるよ。（お札を渡す）あ、そうだ、これも……。

晶がポケットをまさぐってメモを渡す。

硝子　（メモを見て）ふーん、ずいぶん遠くまで行くんだね。ま、いいけどさ……。

硝子が駅の構内に消える。晶が静かに語りはじめる。

晶　……父にオンナがいる。そう確信したのは、偶然、物置の奥で父のスケッチブックを見つけた時だ。「Kの肖像」とタイトルが走り書きされたその絵には、ボクの知らない女性が描かれていた。仕事の鬼だった父は、母が危篤の時でさえ会社を離れず、母の棺《ひつぎ》を前にしても涙一つこぼさなかった。

遠くに初老の男性が背を向けて立っている。

晶　ボクは、一代で財を築いた冷徹な経営者としての父しか知らない。そんなあの人の人間らしい一面を、よりによってこんな形で知るコトになろうとは……。なんでこの女性に会おうと思ったのか、そしてそれが何になるのかは、自分でもよく分からない。ただ……ボクは腹を立てていたんだ。家族に背を向け続けた父に、そしてそんな父の心の中に住み続けたこの女《ひと》に……。ボクは、やっぱり父を許せない。

晶が駅の構内に消える。

別の場所で、少年の母親が絵本を読み始める。

母親「昔むかし、あるところにとても美しい国がありました。春にはいろんな色の花が野原一面に咲き、夏には空からたくさんの星が降ってきます。秋には山が真っ赤に染まり、そして冬には大地が銀色の雪でキラキラ輝く、そんなとても美しい国でした。」

いつの間にか、場面が変わり、ここは山あいにある古びた廃工場。窓ガラスがところどころ割れ、いたるところにドラム缶や古タイヤ、ガラクタが無造作に置かれている。

カベの板をくぐって少年が入ってくる。

絵本を読む母の声は、なおも続く。

母親「その国には心の優しい王さまが、たった一人で住んでいました。ですから、きれいなお花畑も、夜空の星たちも、真っ赤に染まる山々も、銀色に輝く大地も、お城から見えるすべてのモノが王さま一人のモノでした。」

少年はなぜか白い長袖シャツと黒い半ズボン、腕には黒い喪章をつけている。

両手で缶箱と絵本を大事そうに抱えて、その瞳は涙で濡れている。

母親「もちろん、王さまはそんな自分の国が大好きでした。そして、その風景を一人占めできることにも充分満足していました。ところが、ある日ふと思ったのです。「この風景を誰かと一緒に眺められたら、どんなに楽しいだろう……」この時、王さまは生まれてはじめて、自分が淋しいんだということに気づいたのです。そう思い始めたら、いても立ってもいられません。王さまは、むかし旅の魔法使いがくれた「不思議なタネ」を大急ぎで探し出し、野原へと向かいました」

少年が缶箱から四つの石を取り出し、ガラクタの中に一つ一つ埋めていく。

母親　「その魔法使いは言っていました。「もし、とても困ったことが起きたら、このタネを土のなかに埋めてごらん。そうすれば、オマエのそのとき一番欲しいモノが手に入るよ」その言葉のとおりに、全部のタネを埋めた王さまは、何日も何日も地面とにらめっこしながら待っていました。そして、ある月のきれいな夜――」

すべてを埋め終わると、腰かけて絵本をひらく。
少年の背後で何かがうごめく。はじめは小さかった影が次第に大きくなる。やがて、それは真っ黒なマントをはおった四つの不気味な影に変わる。
少年が気配に気づき、驚いた拍子に尻餅をつく。影たちの動きが止まる。そして、ゆっくりと少年を見る。動けない少年。ジリジリと黒い影が少年を取り囲む。

暗転。

2　奇妙な出会い

山の中にある古びた廃工場。一人の怪しげな男性が誰かを待っている。名前は銀次。バッグの中から、アーミーナイフなど取り出しては、またバッグに戻す。

銀次　（キレ気味に）ちくしょう……まだかよ、おっせ～な。
声　すみませ～ん！

中年のサラリーマン風の男がやってくる。彼の名は、足尾。大きなバッグを持っている。

足尾　（銀次をみて）あの……例のネットの？
銀次　……ああ。
足尾　初めまして。わたくし、足尾と申します。まあ、「初めまして」と言っても、毎日ネット上で会ってたみたいなモンですけどね。で、そちらは――
銀次　銀次……。
足尾　銀次さん。

銀次　ずいぶん遅かったな。来ないかと思ったぜ。

遅れて一人の女性が入ってくる。名前はかんな。

かんな　うわぁ……何ココ。つぶれた工場跡か何か？
銀次　女？　……おい。女が混じってるなんて聞いてねえぞ。
足尾　ネット上じゃ、みんなハンドルネーム使ってますからね。え〜、こちら——
かんな　菊池かんなです。……どうも。
銀次　これで一応、全員そろったわけだ。
足尾　はい。
かんな　……運命共同体ってことね、私たち。

重苦しい空気が三人を包む。

銀次　じゃあ、さっそく準備開始だ。
足尾　はい！

三人がしゃがみ込み、それぞれのバッグから道具を引っぱり出す。
かんなは睡眠薬とロープを、足尾はホームセンターで買ったばかりの七輪を。

一方の銀次は、アーミーナイフを持ち、ニットマスクをかぶっている。
互いのアイテムを見比べて、微妙な空気が流れる。

銀次　一応、聞いとくけどさ――
足尾　はい……。
銀次　アンタら……何しに来たの？
足尾　な、何って……。
かんな　……ねえ。
銀次　（ハッとして）……誰か来る。
かんな　え？

三人が入り口の方を見る。誰かが入り口の方に向かってくる気配がする。

銀次　隠れろ！
かんな　え？　なんで？
銀次　いいから！

銀次が奥に去る。

かんな　ちょっと何なのよ！
足尾　待ってくださいよぉ！

二人が銀次を追って、アタフタと去る。

3　金脈

入れ替わりに晶がやってくる。建物の中をじっくりと見渡し、木箱の中に何かを見つける。
ガラクタの中から、古びた絵本を取り出す晶。ホコリを払ってタイトルを見る。

晶　「さびしい王さまの話」？　はやみひ――（顔色が変わる）速水ひさお……。

急に辺りをガサガサと探しはじめる。だが何も見つからず、ボロボロの絵本を開く。

晶　「昔むかし、あるところにとても美しい国がありました。春にはいろんな色の花が野原一面に咲き、夏には空からたくさんの星が降ってきます。秋には……（ページをめくる）その国には心の優しい王さまがたった一人で――」

晶が顔を上げる。絵本をバッグに入れて、銀次たちとは違う方へと姿を消す。
かんなと足尾が出てくる。かんなは晶が去ったほうをジッと見ている。

足尾　（銀次に）行ったみたいですよ。（奥を見て）なんか挙動不審な人ですね。
かんな　思い出した……。今の人、速水晶だ！
足尾　はやみあきら？
かんな　ほらぁ！　スポ根《こん》純愛モノのベストセラー作家の速水晶！　おまけに父親は、大きな会社の社長だし……。（ため息）前途洋々ですよね。
銀次　おい！　アイツの父親、でっかい会社の社長っつったよな。
かんな　うん……たしか、ハヤミ鉄鋼だったと思うけど。
銀次　……ハヤミ鉄鋼か。

銀次が何かを真剣に考えている。かんなと足尾が顔を見合わせる。

銀次　おい、オッサン。（大きな麻袋を渡す）これ持ってその影に隠れてろ。
足尾　え？
銀次　いいから行け！
足尾　あ……はい……。

足尾がガラクタの影に隠れる。いきなりかんなを突き飛ばす銀次。かんながこける。

かんな　ひゃあ！　……いった、ちょっと何する——

銀次　（奥に）いったぁ～い！　足首ひねっちゃったかもぉ～。かんな、歩けないぃ～っ♪
かんな　え……何？　急に。どしたの？
銀次　シッ！（奥の方を見て）……来た！

銀次が物陰に隠れるのと同時に、奥から晶がやってくる。かんなを見て駆け寄る。

晶　大丈夫ですか？
かんな　え？
晶　あーっ、動かないで！　ひねった時は、ムリに動かしちゃダメです。
かんな　いや……あの――
晶　どこか切ったりとかはしてないですか？　ここガラクタばかりだから、ガラスの破片とかで――
かんな　だ、大丈夫です……。
晶　でも、困ったな。いつまでもこうしてるわけにもいかないし……。そうだ！　ちょっと足首を固定できそうなモノ探してきます。ちょっと待っててくだ――

銀次が勢いよく飛び出し、晶の後頭部を角材で殴る。晶が倒れる。

銀次　貸せ！

足尾　え？
銀次　早く！
足尾　あ、はい！

足尾が渡した大きな麻袋を、晶の頭からかぶせて足首で縛る。
袋のなかでもがく晶。銀次が蹴りを入れるとおとなしくなる。

銀次　あ〜っ、疲れた。
かんな　ちょっと！　何やってんのよ！
銀次　あ？　コイツ人質にして、親父からカネ巻き上げるんだけど？
かんな　は？
銀次　死ぬだけの勇気があんだったら、このくらいチョロいだろ。
足尾　……で、でも、それって誘拐ですよね。
銀次　まあな。
足尾　ダメですよ！　そんな犯罪犯せません。絶対ダメです！
銀次　あのね、自分を殺すのだって立派な犯罪なの。相手が自分か他人かの違いだけ。だったら、こんな山の中でひっそりと練炭自殺するより、コイツの親父から巻き上げたカネで、人生もっぺんやり直すほうがずーっとポジティブじゃね？
足尾　で、でも……。

足尾が黙り込む。重苦しい空気が流れる。かんなが静かに口をひらく。

かんな　……何やればいいの。
二人　……。（見る）
かんな　お金……巻き上げるんでしょ？　どうやるの？
足尾　かんなさん！
銀次　（ニヤリと笑って）そうこなくちゃな。（足尾を見て）で？　オッさんはどうする？　やるの？　やらねえの？
足尾　わ、私は――
二人　……。（ジッと見つめる）
足尾　（ため息）……分かりました。どうせ死ぬつもりだったんだ。こうなったら最後まで付き合いますよ。
銀次　同盟成立だな。

4　出現

いつの間にか、辺りは夕暮れ。準備をしている三人の背後に何かが動く。
やがてガレキの中から、不気味な黒い影がうごめきながらゆっくりと姿を現す。異様な姿をした化け物たち。足尾と化け物の目が合う。呆然としている足尾に気づくかんな。

かんな　（笑って）ちょっとぉ、足尾さん。ちゃんと仕事しま――（見る）

二人があんぐりと口を開けたまま後ずさり。かんなが銀次を突っつく。

銀次　あ？
かんな　（指さす）あ、あ……。
銀次　なんだよ、バカみたいなツラしやがって。アゴでもはずれちま――（ご対面）

一瞬の静寂ののち、凄まじい悲鳴をあげて蜘蛛の子を散らすように逃げ出す三人。
いつの間にか一カ所に追いつめられ、化け物たちが一斉に襲いかかる。三人が顔を伏せる。

するとまばゆい閃光が走り、もの凄い勢いで4つの影が飛び出す。
全身を黒いマントで身を包んだ四人の人影。重々しいオーラをまとっている。

銀次　また違うのが出てきた！
かんな　何？　今度は何！
影2　醜く汚《けが》れし人間どもよ。おまえたちか？　この国に不浄の輩《やから》を招き入れたのは。
かんな　え？　不浄の輩？（化け物たちを見る）
影1　ここは我らが王の治めし美しき王国……。みだりに足を踏み入れることの許されぬ、この世でただ一つの聖域。
影4　邪《よこしま》な心を持つ者は、我らが王国を汚《けが》す侵入者とみなし、容赦なく排除する。
足尾　は、排除？
影3　おのれが邪心によって不浄の輩を招き入れし罪、その命をもって償え。
銀次　ちょ、ちょっと待て！　……アンタら、一体何者？
影1　人に告げる名など持ち合わせてはおらん。ただ、王は我を「コハク」と呼んだ。
影2　我が名は……「ミカゲ」
影3　我が名は……「スズ」
影4　我が名は……「メノウ」
コハク　そう……我らこそ、王によって選ばれし四人の騎士。王と王国の誇りにかけて、その命……もらい受ける。

29　まほろば物語

影たちが一斉に武器を構え、銀次たちと化け物たちに向かってくる。
化け物たちは、次々と蹴散らされ、断末魔の叫び声をあげながら消える。

5　えびフライ

とり残される三人。身の危険を感じて、かんなが叫ぶ。

かんな　……ちょ、ちょっと待ってください！　私たち、あんなオバケ知りません！　ココに来たのもたまたまで――

足尾　出て行けとおっしゃるなら今すぐにでも出ていきます！　約束します！

コハク　黙れ！（一喝）……王が戻られるまで、この王国をお守《まも》りするのが我らの使命。この地に足を踏み入れし己《おのれ》の軽率さを悔やむがよい。

ミカゲが三人に斬りかかる。コハクが三人の足元にある麻袋に気づく。

コハク　待て！

ミカゲ　（止まって）どうした？

コハク　あれは……。

メノウ　（ハッとして）……えびフライ。

スズ　ホントだ！
ミカゲ　坊っちゃんの絵でしか見たことはないが、あれはまさしくえびフライ。
コハク　なんか……想像してたのより、ずっとデカいね。
影たち　（うなずく）

どうやら袋詰めで横たわる晶を巨大なえびフライだと勘違いしているらしい。急いで麻袋に駆け寄る四人。

メノウ　カラッと揚がってるかな。
コハク　スズ……突っついてみて。
スズ　はーい！

スズがいきなり麻袋を剣で突き刺す。晶が袋の中で魚のようにはねる。

晶　んーっ！（のたうち回る）
ミカゲ　おっ、活きがいいな♪
かんな　（それを見て）こらぁ～！　ちょっとちょっとちょっとぉ～！　何やってんのよ、アンタたち！（四人を押しのける）
足尾　（袋のヒモを解きながら）大丈夫ですか？　今、ほどいてあげますからね！

かんな　（銀次に）ちょっとアンタ！
銀次　え？
かんな　ほどくの手伝いなさいよ！　……早く！

しぶしぶ戻る銀次。三人がかりで晶を助け出す。

晶　死ぬかと思った……。（半泣き）
足尾　血ぃ出てるじゃないですかぁ。

晶がコハクの顔を見て驚く。

晶　……彼女だ……K。
銀次　けー？
メノウ　くっそぉ……騙したな！
ミカゲ　やはり人間とは、どこまでも性根《しょうね》の腐った生き物だな。
スズ　嘘つきは泥棒の始まりなんですよ！
コハク　どーろーぼっ。どーろーぼっ。

四人が声をあわせて泥棒コール。かんなの我慢が限界に達する。

かんな　うるさーい！　アンタたちが勝手にえびフライだって大騒ぎしただけでしょ！
銀次　（小声で）やめろ！　これ以上、アイツらを刺激すんな！
かんな　だって人にケガさせたのよ！（コハクたちに）責任者出しなさいよ。「王さま」だか「坊っちゃん」だか？　そいつ今すぐ呼んできなさい！
コハク　そいつ？（嘲るように笑って）畏れ多くも我らが王を愚弄するとは……。よほど命が惜しくないと見え――

かんながコハクの頭を思いっきりグーで殴る。驚きのあまり声も出ないコハク。

かんな　（スゴむ）……連れてこい。
コハク　……殴った。
ミカゲ　おのれ、もう容赦せぬ。（武器に手をかける）
銀次　うわぁああ！　マジですんません！　こいつにはオレらから厳しく言っときますから！
足尾　すいません！　ホントにすいません！（土下座）
銀次　オマエも謝れよ！（かんなにムリヤリ土下座させる）
かんな　ちょっと、何すんのよ！　大体この人たちが――
足尾　（泣いて絶叫）かんなさんはちょっと黙っててください！

三人が醜い小競り合いを続けている。

コハク　（三人を見て）醜い……。

スズ　同じ人間でも、坊っちゃんとは大違いだね……。

メノウ　（ハッとして）そうだ！　どうせならコイツらに発掘作業を手伝わせたら？

ミカゲ　発掘を？

スズ　そうだよ！　私たちだけでやるより、そのほうが「青い石」だって早く見つかるかもしれないし。

ミカゲ　（考えて）ホントに使えるのか？　こんな連中が。

銀次　使えます！　何にでも都合よく使って下さい！

ミカゲ　コハク……どうする。

コハク　（考えて）……命拾いしたな。

銀次　それじゃ――

コハク　ただし、猶予は五日間。その間に「伝説の青い石」を探し出せれば、生きたままこの国から出してやろう。

かんな　伝説の青い石？

ミカゲ　そう……。この世界のどこかには、青く輝く美しい石があるのだ。そして、その石には、手にした者のどんな願いをも叶えるチカラがあるという。我らが王は、その石を探す旅に出られたまま、もう何年もお戻りになっていない。

コハク　そして、私たちは考えた。これだけ待ってもこの王が帰ってこられないのは、この世界に始めから「青い石」など存在しないからではないか、と。

晶　存在しない……？

コハク　もともと腐りきった人間の世界に、そんな石が眠っているハズが無いのだ。美しい石は、美しい世界にこそふさわしい……。伝説の青い石は、間違いなくこの王国のどこかに眠っている。

銀次　王国？　……このガラクタ置き場が？

メノウ　ガラクタ置き場じゃなーい！

スズ　何てコト言うのよ、バカっ！

コハク　このつぎ言ったら殺すっ！

銀次　……ごめんなさい。（涙目）

コハク　ということで猶予は五日。五日後の朝日が昇るまでに「青い石」を探し出すこと。さもなくば、全員死刑っ！　以上。

コハクが去る。スズがあとを追う。晶がジッとコハクを見ている。

足尾　あのう……それで、私たちはどうしたら――

ミカゲ　メノウ。

メノウ　（かんなたちに）こっちだ。ついて来い。

ミカゲとメノウを追って、みんながあとをついていく。晶が静かに話し始める。

晶　彼らのなかに父の絵にそっくりな顔を見つけたとき、ボクは確信した。「Kの肖像」……Kとは間違いなくコハクの頭文字だ。彼女、いや彼らは父の過去を知っている。ボクたち家族も知らない父の秘密を……。ただ、この時ボクはまだ分かっていなかった。このガラクタの中にこそ、父の隠された人生が眠っていることに、ボクは何一つ気づいていなかったんだ。

晶が去る。

少年の母親が絵本を読んでいる。

母親　「王さまは、種から生まれた家来たちのことが大好きでした。そして、彼らにいろんなことを教えたのです。小さな虫の名前や花の名前、それから空を漂う雲の名前まで……。王さまは自分たちの住んでいる世界がどんなに美しいのかということを、毎日毎日家来たちに教えました――」

絵本を読み続けている母親の姿がゆっくりと消えていく。

6　石ころの国

スズ　坊っちゃん！　坊っちゃーん！

スズが駆け込んでくる。手にビール瓶のフタ（王冠）を持っている。
少年が穴から顔を出す。

少年　ここだよ、スズ！
スズ　むこうの土の中から見つけたんです！　坊っちゃんに見ていただこうと思って。
少年　（王冠を受け取って）これは、ネズミの王さまの冠だよ。
スズ　ネズミにも王さまがいるんですか？
少年　いるよぉ。小さいけど、どんな大きな敵にも立ち向かってくんだ。
スズ　へえ……坊っちゃんみたいですね。

少年とスズが楽しそうに笑う。別の穴からは、メノウが顔を出す。

メノウ　坊っちゃん！　メノウはやりました！　すごい宝石を見つけました！
少年　ホント？
メノウ　見て下さい。これです。

メノウが差し出したのは、緑色のガラス瓶が割れた欠片《かけら》。少年が光に透かして眺める。

少年　エメラルドだ。
スズ　えめらるど……？
少年　とっても珍しい宝石で、5月の誕生石なんだ……。
メノウ　へえ。
少年　メノウ……。これ、ボクもらってもいい？
メノウ　もちろんですよ！　この国の王さまは坊っちゃんなんですから。ここで見つけたモノはぜーんぶ坊っちゃんのモノです。

少年が嬉しそうに笑う。
そこへ、コハクとミカゲがやってくる。何やら言い争いをしているらしい。

ミカゲ　だから、何でダメなんだ！
コハク　ダメなもんはダメ。この国のことは全部坊っちゃんが決めるの。

ミカゲ　だから、オレからちゃんと坊っちゃんに説明して――（少年に気づく）あ。
少年　どうしたの？　……ケンカ？
コハク　いいえ、何でも――
ミカゲ　坊っちゃん！　じつは、ミカゲから坊っちゃんにお話ししたいことがございます。
コハク　ちょっと、ミカゲ！
ミカゲ　我々はこの王国を守る騎士団ですよね。
少年　う、うん。
ミカゲ　騎士団には、やはり全軍を指揮する司令官が必要不可欠なのではないか……そう自分は考えます。
少年　司令官？
ミカゲ　はい。つまり……将軍です。（遠くを見る）
メノウ　しょうぐん……。
ミカゲ　悪の帝国が攻めてきたときや謎の宇宙怪獣が来襲したときに、戦況を冷静に分析し、なおかつ全軍を的確に動かす。それが……将軍です。（遠くを見る）
スズ　どういうこと？
ミカゲ　それを我々のなかの誰かが務めるしかない……ということだ。
メノウ　え！　オレやりたい！　はい！（手をあげる）
スズ　スズも！（手をあげる）
ミカゲ　ば、ばか！　将軍は一人しかなれないんだよ！　そう、例えばこのオレのようにクールで知的な——

スズ　ねえ、どうやって決める？
ミカゲ　話を聞けーっ！（怒）
メノウ　よし！　アミダで決めようぜ！
ミカゲ　あ、アミダぁ〜っ⁉

三人がワイワイ言いながら、アミダを作りはじめる。少年がコハクに近づく。

少年　ねえ……コハク。
コハク　はい。
少年　……これ。（メノウの拾ったガラス片を渡す）
コハク　わぁ！　きれいですね。坊っちゃんが見つけられたんですか？
少年　さっきメノウがくれたんだ。
コハク　（笑って）よかったですね。
少年　それ……コハクにあげるよ。
コハク　（ビックリして）え？　……いいんですか？
少年　……うん。
コハク　坊っちゃん！（少年に抱きつく）……ありがとうございます。
少年　く、苦しい……。

コハク　ああ！（放す）すみません！　つい、嬉しくて。
ミカゲ　ぐぉおおおおっ！
メノウ　（ガッカリして）あーあ。

ちょうどアミダくじの結果が出る。ミカゲが崩れ落ちている。

コハク　で？　誰に決まったの？
メノウ　……。（コハクを指さす）
コハク　え？　私？
ミカゲ　いやだぁああああ！
スズ　じゃあ、将軍はコハクで決定！
少年　ダメだよ！

みんなが少年を見る。

少年　コハクが将軍なんて、絶対ダメだよ。
スズ　……どうしてですか？
少年　だって、コハクは……コハクは……（モジモジ）
メノウ　コハクは？

少年　……ボクの「おきさきさま」になるんだっ！（顔を隠してしゃがみ込む）

衝撃の告白に全員が静まり返る。少年は恥ずかしさで石のように固くなっている。

コハク　……坊っちゃん……。
少年　……。（答えない）
コハク　あの……それって、アレですか？
少年　……。（答えない）
コハク　その「おきさナントカ」っていうのは――
少年　（そっと顔を上げる）……おきさきさま？
コハク　ええ……それです。で、それっていうのは――
少年　……うん。
コハク　将軍よりも上ですか？　下ですか？
少年　え？（考えて）……上……かな。
コハク　よっしゃあ！（ガッツポーズ）
メノウ　えー！　何だよそれ！
ミカゲ　坊っちゃん！　わたくしも、わたくしめもその「おきさきさま」とやらに――
スズ　スズも！
メノウ　オレも！

少年　え？　……でも――
コハク　あーもー、わかった！（偉そう）しょうがないなぁ。順番ね、順番。
少年　え？
メノウ　じゃあ、オレ二番！
スズ　スズは三番目！
ミカゲ　何なんだ、オマエら！（半泣き）
コハク　（手を叩いて）はいはい！　ケンカしない！

大騒ぎする四人と、呆然と立ち尽くす少年。
突然、工場のレクリエーションタイムを知らせるメロディーとアナウンスが鳴る。

メノウ　あ！　ゆとりの時間だ！
スズ　今日は何やっつける？
ミカゲ　うーん。先週は、巨大アメーバと戦ったからなぁ。
メノウ　あれは面白かったよな。コハクを呑み込もうとするアメーバを、坊っちゃんがぶった斬って助け出してさあ！
ミカゲ　坊っちゃんの「エクスカリバー」は、無敵だからな。
コハク　今日は、巨大海底生物と戦うってのは？　ムチャクチャ大きいイカとかクラゲとかが襲ってくんの。

三人　いいねー！
コハク　坊っちゃん、イカとクラゲどっちにします？
少年　……。（答えない）
コハク　坊っちゃん？
少年　そんなの……そんなのどうだっていいよ！（半泣きで奥に去る）
ミカゲ　坊っちゃん！　ドコ行かれるんですか？　今日の敵を決めてもらわないと！
スズ　待ってくださいよ、坊っちゃん！

少年を追う三人。コハクが残る。

コハク　月の輝く夜、母親を亡くした一人の少年が、町はずれにある廃工場のガラクタの中に四つの石を埋めた。御影石《みかげいし》、瑪瑙《めのう》、錫《すず》、そして琥珀《こはく》。その少年は信じた。これで、母を失った痛みから自分は解放されるのだと……。やがて、その思いに引き寄せられるように私たちが生まれ、それぞれの石の名がそのまま私たちの名前になった。ミカゲ、メノウ、スズ、コハク。屈託ない声で私たちをそう呼ぶあの少年の姿は、もうない。淋しがり屋で泣き虫で、だからこそ誰よりも心優しかった少年。そう。私たちの最愛の人は、もうここにはいないのだ。

コハクが去る。

7　発掘作業

銀次が穴の中から顔を出す。ヘロヘロになっている。

銀次　おーい……。なんか見つかったか～？

足尾とかんながそれぞれ別の場所から顔を出す。

かんな　まだ何も……。
足尾　こっちもめぼしいモノはありませんね。
銀次　ったくよぉ……ドコ掘ってもガラクタだらけじゃねえか。
足尾　青い石って、サファイヤみたいな感じなんでしょうか。
かんな　青なら他にもありますよ。有名なトコでいうと、ターコイズにブルートパーズでしょ。あと、ラピスラズリだって青だし……。
足尾　らぴすら？
かんな　ラピスラズリ。日本語で「瑠璃」って呼ばれる石です。うーん、あとは――

銀次　時間もねえし、そこいらの石を適当に青く塗っとくってどうよ！
足尾　バレたら殺されますよ……。

そこへ、晶がやってくる。絵本をもっている。

晶　お疲れさまです。……何か見つかりました？
足尾　（首を振って）……今日も不発です。
銀次　なんでオマエだけサボってんだよ……。
かんな　速水先生はいいんです！　手にケガでもして執筆活動に響いちゃ大変でしょ？
銀次　けっ！
晶　いえ、それじゃさすがに申し訳ないんで、ボクはボクでここから抜け出す方法を探してみたんですけど――
銀次　で？　何かあったか？
晶　（首を振る）出口から出ようとしてもいつの間にか建物の内部に戻ってるんですよ。どういう仕掛けになってるのか……。
銀次　（舌打ち）結局、役立たずじゃねえかよ。
足尾　何言ってるんです！　元はと言えば、銀次さんが速水先生を誘拐しようなんて言い出すから、こんなコトになったんですよ。
晶　あの……その「速水先生」ってのは、そろそろやめてもらえませんか？

かんな　え？　じゃあ、速水……さん、とか？

晶　晶でいいですよ。「速水晶」は本名じゃないんで、そう呼んでもらうコト自体ほとんどないんで、それはそれで淋しいというか——

足尾　ペンネームですか。

晶　ええ、まあ。

かんな　カ～ッコイイ～♪

銀次　あーあ、なんかやってらんね。所詮は、住む世界が違うってか？（立ち上がって）オッさん、なんか着るモン持ってねえ？　汗で気持ち悪くてよ。

足尾　バッグの中にTシャツ何枚か入ってるんで、お好きなの使って下さい。

銀次　おう……悪りぃな。

銀次がいなくなる。

かんな　まったく、もう！　太々《ふてぶて》しいったら……。

足尾　（晶に振り返って）根は悪い人じゃないんですけどね。

かんな　何ですか？　それ。

晶　古い絵本です。ココに来たばかりの時に見つけて——（渡す）

かんな　かわいい！　手作りですね。「さびしい王さまの話」か。えーっと、はやみひさお。ん？……はやみ？

晶　速水久雄はボクの……父です。
足尾　お父さん？
晶　この名前を見つけた時は驚きました。子供の頃の話なんか一度もしてくれたことありませんから。
かんな　あ！（固まる）……青い石。
足尾　えっ⁉
かんな　ほら、ここ！（絵本を読み始める）「そんなある日、むかしタネをくれたあの魔法使いが再び現れたのです。魔法使いは言いました。「この世界のどこかには、不思議なチカラを持つ青い石があってね。その石を手にした者はどんな願い事も叶えることができるんだ」――」
足尾　なんか……彼らが言ってた内容とそっくりですね。その先は？
かんな　（続ける）それを聞いた王さまは、その石を手に入れるため旅に出る決心をします。それに、この国の外にどんな世界が広がっているのかも見てみたくなったのです。泣いて止める家来たちに王さまは言いました。「どうか泣かないで。必ず青い石を見つけだして、この国に帰ってくる。約束するから」そして、王さまはたった一人で、青い石を探す長い旅に出たのです。」（ページをめくる）あれ？　続きがない。
晶　ええ。そこで終わってるみたいですね。
かんな　え？　でも結末は？　結局、石は見つかったのか。王さまは帰ってくるのか。
晶　手作りみたいだし、途中で疲れて書くのをやめちゃったんじゃないですか？
かんな　そんなぁ……。

足尾　もしくは……続きを書きたくても書けなくなったか。

晶とかんなが足尾を見る。黙り込む三人。

かんな　ちょっと待って……。もしコハクたちの言う「青い石」がこの絵本に書かれてる「石」を指してるんだとしたら……。

晶　いくら掘っても青い石なんか見つかりませんよ。おとぎ話なんだから。

かんな　ちょっとぉ！　そんな有りもしない石探し続けて、結局タイムオーバーで殺されるなんて冗談じゃないわよ！　アイツらに抗議してくる。（行こうとする）

晶　ムダですよ。彼らは本当に青い石があると思いこんでるし、それに、どう見ても理屈や常識が通用するような相手じゃない。

足尾　あ、コレ確実に殺されますね……私たち。

かんな　いやぁああああ！（絶叫）

晶　ぶっ！（吹き出し笑い）　ははははは！

かんな　笑い事じゃないですよ！（怒り泣き）

晶　いや、だって随分矛盾したことやってるなと思ったら、おかしくて……。

足尾　え？

晶　だって、かんなさん昨日ボクに「足尾さんと自分は死に場所を探してココに来たんだ」って言いましたよね。

かんな　……ええ。
晶　なのに今じゃ、こうして「死にたくない」って大騒ぎしてる。
足尾　あ……。
かんな　……ホントだ。

三人が顔を見合わせて大笑い。
するると突然、メロディーが鳴り響く。レクリエーションの時間である。

晶　なんだ？　今の……。

8　宇宙怪獣

爆発音とけたたましいサイレン。異常事態を知らせるアナウンスが響く。

声　緊急警報発令！　緊急警報発令！　正体不明の地球外生命体が接近中。総員、ただちに戦闘準備に入れ。繰り返す。正体不明の地球外生命体が――

そこへ、スズとメノウが駆け込んでくる。ガラクタで作った銃などが握られている。

メノウ　君たち、何をやってるんだ！　みんなとっくに避難したんだぞ！
スズ　ボクたち、お母さんとはぐれちゃったのね。
晶　ぼ、ボクたち？
メノウ　仕方ない。お兄さんが呼ぶまでは、危ないから出てきちゃダメだぞ。いいな。
スズ　さ、こっちへ。

晶・かんな・足尾がワケも分からず物陰に隠れる。

メノウ　（遠くを見て手を振る）キャップ！　こっちです！

ミカゲとコハクがやってくる。

ミカゲ　二人とも無事だったか。
メノウ　キャップも、ご無事でなによりです！
スズ　他のみんなは？
ミカゲ　……。（そっと目を伏せる）
スズ　……キャップ？
ミカゲ　みんな最後まで立派に戦った。私は、隊を任された責任者として彼らを誇りに思う。
メノウ　……じゃあ、みんな？
スズ　そんな……。（へたり込む）
メノウ　くっそぉ～！（走り出す）
ミカゲ　まて！　小田切《おだぎり》！（メノウを止める）
かんな　……小田切って誰。
メノウ　行かせて下さい！　アイツらの……仲間のかたきを取りたいんです。
スズ　無茶です！
ミカゲ　おまえ一人で何ができる！

メノウ　でも……でも、このままじゃ――（泣く）
コハク　この軟弱モノ！（メノウを平手打ち）
ミカゲ　……矢島《やじま》中尉。
かんな　……だから、矢島って誰。
コハク　頭を冷やしなさい。ここでアナタが犬死にすることに何の意味があるっていうの？　私たち地球連邦軍の使命は個人的な恨みを晴らすことじゃない。敵のモビルスーツから、このサイド7《セブン》を守るコトなの。
晶　おーい！　途中で設定変わってますよ！

ミカゲが肩をたたくと、メノウがこっくりとうなずく。コハクの無線機が鳴る。

コハク　はい、こちら矢島。――え？（顔色が変わる）――了解。（通信を切る）
ミカゲ　どうした？
コハク　本部からです。敵の正体が判明した、と。
メノウ　え？
コハク　敵は……宇宙怪獣ジャスミン。
ミカゲ　（愕然とする）ジャスミンだって？
スズ　ジャスミンと言えば、四ヶ月まえ、火星基地をたった二日で壊滅させた、あの？
メノウ　くっそぉ！　火星の次は地球ってことか？

コハク　でも、相手がジャスミンなら勝機はあります。
ミカゲ　どういうことだ？
コハク　じつはあの日、火星基地からの最後の交信を受けたのは、この私だったんです。
ミカゲ　君が？
コハク　彼は、虫の息の下でたしかにこう言いました。「ジャスミンの弱点はヘソだ。ヘソを狙え」と。そして最期に、モニターに映る地球を見ながらこうつぶやいたんです。「地球か……何もかもみな懐かしい。」
メノウ　沖田艦長ぉおおお！（崩れ落ちる）
晶　また設定変わってるし……ってなんで足尾さんまで泣いてるんですか！
足尾　「ヤマト」大好きだったんです！（男泣き）
ミカゲ　諸君。敵の弱点が分かった以上、もう恐れることはない。沖田艦長の死をムダにせぬためにも、ジャスミンは何としても我々の手で倒す。……いいな。
三人　はっ！
ミカゲ　矢島中尉。君は「波動砲《はどうほう》」の準備を頼む。
コハク　はい！（大きな筒を動かす）
かんな　（思わず飛び出す）手伝います！
コハク　……ありがとう、フラウ。そっちをお願い。
かんな　はい！　セイラさん。（反対側を持ち上げる）
晶　かんなさんも、何やってんですか！「フラウ」とか「セイラさん」とか！

スズ　キャップ！　レーダーに反応が――
ミカゲ　方角は？
スズ　十二時の方向から真っ直ぐこちらに向かっています！
メノウ　いよいよだな。

怪獣の雄叫びと足音が近づいてくる。壁に不気味な怪獣の影が映る。

スズ　来ます！　敵はもう目と鼻の先です！
ミカゲ　狙うはヤツの弱点のみ。全員、ヤツのヘソに照準を合わせろ！　ターゲット――
三人　ロックオン！

全員が狙いを定める。息詰まる瞬間。怪獣が姿を現す。
Tシャツの襟に頭が通らずヘソが丸出しの銀次が入ってくる。

銀次　おい、オッさん！　このTシャツ、ちょっと小さすぎねえか？
ミカゲ　今だ！　撃てーっ！

一斉射撃。凄まじい数の弾が撃ち込まれる。銀次が悲鳴をあげて仰向けに倒れる。
みんなが抱き合って大喜び。ごく自然に溶け込むかんな。

ミカゲ　勇敢なる兵士諸君。君たちの勇気ある戦いにより、地球滅亡の危機は去った。今日こそが、われわれ人類の独立記念日だ。死んでいった多くの仲間と沖田艦長に敬礼！

みんなが空を見上げる。すごくいい顔。

メノウ　（泣きながら叫ぶ）マチルダさーん！
晶　おいっ！（怒）
ミカゲ　さあ、諸君！　勝利の凱歌《がいか》を！
四人　ジーク、ジオン！　ジーク、ジオン！　ジーク、ジオン！

なぜか「ジオン公国」を讃えながら、地球連邦軍とかんなが去る。呆然と見送る晶と足尾。

足尾　ほとんど、やりたい放題ですね……。
晶　いつもこんなコトやってんのか？　アイツら。
足尾　ところで……銀次さんは？
晶　（ハッとする）忘れてた！

晶と足尾が倒れている銀次に駆け寄る。

足尾　銀次さん！
晶　大丈夫ですかっ？（確認する）……気絶してるだけです。
足尾　とにかく、向こうに運びましょう！

晶と足尾が銀次を連れていく。

9 少年

その日の夜。コソコソとかんながやってくる。辺りを見渡して誰もいないコトを確認し、何かを必死に探しはじめる。

かんな　あれぇ？　おっかしいなぁ……ここだと思ったんだけど。

そこへ、晶がやってくる。スケッチブックを持っている。

晶　あれ？　まだ眠ってなかったんですか？
かんな　え？　……ええ、まあ。晶さんは？
晶　なんかいろいろ考えてたら、目が冴えてしまって……。
かんな　ある意味、極限状態ですもんね……生きるか死ぬかの。
晶　（笑う）まあ、そうですね。
かんな　あのぅ……ずっと聞きたかったんですけど——
晶　はい？

かんな　晶さんはココに何しに来られたんですか？　私たちみたいにワケありって感じでもなさそうだし……。
晶　かんなさんは？　どうして死のうなんて思ったんですか？
かんな　好きな人にフラれたんです、こっぴどく……。ほとんどその腹いせっていうか――
晶　ボクは……人を捜しに。
かんな　人を？
晶　（スケッチブックを渡す）父のスケッチブックです。そのデッサンの中に、ココに行き着くまでの駅だとか標識とかが順を追って描いてあるでしょう？
かんな　（ページをめくる）ホントだ。この池、見覚えがある。（さらにめくる）あれ？　これって……コハク？
晶　てっきり父が囲ってる愛人か何かだと思ったんです。でも、どうやら、そんな単純な話じゃなかったみたいで……。
かんな　え？　それじゃあ、やっぱりコハクたちの王さまって、晶さんのお父さ――
晶　シッ！

コハクがやってくる。かんなと晶が身を隠す。

月明かりが窓から差し込み、一人の少年がカベ板のすきまから入ってくる。少年は絵本と缶箱をもっている。

誰かと会話しているように唇は動いているが、声はない。実体のないホログラムのよう。

やがて少年は木箱の中に絵本と缶箱を置くと、出口のそばで振り返り建物の中を見渡す。その少年を見つめ、幻影に手を差し伸べるコハク。少年の姿がカベ板の向こうに消える。

コハクがフラフラと行ってしまう。

かんなと晶が出てくる。

かんな　何？　今の……。

ミカゲ　そうとう重症だな……あれは。

いつの間にか、背後にミカゲ・スズ・メノウが立っている。

スズ　（コハクの去った方を見て）……コハク。

かんな　あの……今の男の子が、もしかして、みんなの「王さま」？

スズ　おかしい？　子供が王さまじゃ。

かんな　いや……別にそういうわけじゃ――

メノウ　坊っちゃんはオレたちにとって最高の王さまだった。いろんなコトを教えてくれるオレたちのヒーローだったんだ。

ミカゲ　だが、大人になるのを待たずに、坊っちゃんはある日突然旅立ってしまわれた。伝説の青い石を探すためにな……。それからだ。コハクが時々こうして月明かりの中をさまようようになったのは。

かんな　……じゃあ、あの男の子は？　まさか……幽霊とか言わないわよね。
スズ　……。
メノウ　……。
ミカゲ　オマエたちは、琥珀という石がどんな石か知っているか？
晶　……たしか木の樹液が固まってできるんだったと。
ミカゲ　（うなずく）そして、その樹液がごくまれに、小さな虫や植物を一緒に抱え込んでしまうことがある。
かんな　あ！　それ「ジュラシックパーク」で見た！　でも、なんだかロマンチックよねぇ。何万年も前に生きてた生き物の姿を、そのまま体の中に閉じこめてるなんて。
ミカゲ　だから、アイツも……コハクもその石の性質をそのまま受け継いでしまったのだ。坊っちゃんの面影をその身に取り込み、もう二度と手放すまいとでもいうように。
スズ　あれは、コハクの中にある坊っちゃんの面影を月の光が映し出してるの。
晶　月の光が？
ミカゲ　コハクは坊っちゃんを忘れない。おそらく、永遠に……。もし、ムリにでもその面影を消そうとすれば、きっとコハクの心は砕けてしまうだろう。
かんな　そんな……。
メノウ　……オマエたち人間には理解できないだろ？
晶　え？
メノウ　人は忘れる生き物だ。どんなにいいことも悪いことも、はじめから何もなかったかのように、すべてを忘れてしまう。……コハクは言ってた。人間はそれでいいんだって。オレたちよりずっと短い一生を上手に生きて行くためには、必要な機能なんだ、ってな。

ミカゲたちが行ってしまう。かんながジッと佇んでいる。

晶　……かんなさん？

かんな　なによ……何にも知らないクセに。アタシだって……アタシにだって、忘れられないことぐらいあるんだから。

かんなが去る。晶だけが残される。

晶　ボクの知っている父は悪人だった。勝つためには手段を選ばない冷徹な会社経営者。利用できるモノは何でも使い、利用価値がないと分かると容赦なく斬り捨てる……。ボクはそんな父のやり方に反発し、高校卒業と同時に家を出た。なのに彼らは、そんな父のコトを最高の王さまだと言う。……父は知っていたのだろうか。この世界のどこかに、自分の帰りを待ちつづける者がいることを……。自分の姿を月明かりの中にまで探しつづける者がいることを……。

晶が去る。

10　帰還

銀次と足尾がやってくる。銀次はお腹を痛そうにさすっている。

銀次　（うめく）……やっぱ、まだ痛てぇや。
足尾　大丈夫ですか？
銀次　オッさんがあんな小っせえTシャツ貸すからだろ？　どう見ても子供サイズじゃねえか。
足尾　すいません。（慌てて）そ、それより、何なんですか？　いいアイディアって。
銀次　まあ待てって。それには役者が必要なんだからよ。
足尾　役者？
銀次　いいか？　このままだと、オレたちはあさっての朝には、確実に……コレだ。（首をはねる真似）
足尾　（生唾を呑み込む）
銀次　そこでだ。頭脳派のオレは、発想を根本から見直してみた。そもそもアイツらが「青い石」を探してんのは、ずっと帰ってこない「王さま」に帰ってきてもらいたいからだ。そうだろ？
足尾　ええ。

銀次　だから、アイツらをその「王さま」に会わせてやろうと思ってな。
足尾　……え？（理解不能）
銀次　ったく、鈍いオッさんだな。……いいか？

銀次が足尾を奥に連れていく。入れ替わりに晶がやってくる。

晶　あれ？　いま声が聞こえたと思ったけど——

コハクたちが楽しそうにやってくる。

メノウ　でも、昨日の宇宙怪獣は傑作だったよな！　迫力満点でさ！
コハク　宇宙モノはいろいろ盛り込みやすいからね。モビルスーツとか、波動砲とか。
スズ　じゃあ、次も宇宙モノで行くってこと？
ミカゲ　あまりいろいろやりすぎるとネタが尽きるんじゃないか？
メノウ　大丈夫だよ！　な？　コハク。
コハク　じゃあ、次はイスカンダルにでも行く？　あと、「ペガサス流星拳」ムリヤリ使ってみるとかさ。
三人　いいねー！

みんなでワイワイ言いながら、次のレクリエーションのネタを考えている。
晶がコハクの顔をジッと見ている。コハクと晶の目が合う。

コハク　……何？
晶　……いえ、別に。（目をそらす）

銀次と足尾が戻ってくる。コハクたちを見つける銀次。

銀次　お！　いたいた！
足尾　銀次さん……ムリですよ！
銀次　いいから、オレに任せとけって！（コハクたちに）よお！　皆さん、お揃いで！
コハク　なんだ……ジャスミンか。
銀次　ジャスミンじゃねえっ！（怒）くっそぉ……オマエら、オレにそんな口きいてると今に後悔するぜ。
メノウ　……どういう意味だよ。
銀次　オレはな、オマエらの「王さま」がドコにいるか知ってんだぜ。
4人　！（顔を見合わせる）
銀次　そう。オマエらの王さまは……この中にいる！（はじめちゃん風）
コハク　え？

スズ　え？　ど、どこに？
メノウ　勿体《もったい》ぶらずに教えろよ！
銀次　オマエらが帰りをずっと待ち望んでいる王さま。そう、それは……アンタだ！

銀次がビシッと晶を指さす。
コハク・ミカゲ・スズ・メノウが振り返る。視線の先に、晶が立っている。
晶も振り返るが、背後に誰もいない。全員の視線が銀次に戻る。

コハク　……どこ？
銀次　鈍《にぶ》っ！　いるじゃねえかよ、そこに！　……ほらぁ！（晶を指さす）

コハク・ミカゲ・スズ・メノウが振り返る。視線の先に、晶が立っている。
晶も振り返るが、背後に誰もいない。晶だけが視線を戻す。

晶　（みんなの視線を感じて）え……？（自分を指さす）
四人　え〜っ！

四人が、大騒ぎ。晶がボー然。

メノウ　やばい！　もう三日も穴掘りさせちまったぞ！
スズ　アタシなんか、思いっきり突き刺しちゃったんだけど。
コハク　あらあら……まあ、私には初めから分かってたけどね。（棒読み）
ミカゲ　嘘をつけー！

四人、大もめ。かんながやってくる。

かんな　なに？　何の騒ぎ？
晶　いや、ち、違いますよ！（銀次に）ちょっと銀次さん、これはどういう――
ミカゲ　坊っちゃん！

四人が晶を取り囲み、うやうやしくひざまずく。

ミカゲ　あんなにお小さかったのに……ずいぶんとご立派になられて。
メノウ　この日が必ず来ると信じてました。
晶　いや、だからボクは――
スズ　ずっとずっと、坊っちゃんの帰りを待ってたんです！
コハク　お帰りなさいませ。……坊っちゃん。
三人　お帰りなさいませ！

晶　（思わず）た……ただいま。

突然、明るい音楽と照明に変わり、コハクたちが大はしゃぎで宴の準備を始める。

11　ゲスト

晶が銀次と足尾に詰め寄る。

晶　ボクを人質にして、逃げるつもりですね……。
足尾　わ、私は止《と》めたんですよ。でも銀次さんが——
銀次　オレたちが解放されたら、必ず助けを呼んでくるからよ。それまでの辛抱だろ？
晶　でも、なんでボクが王さまなんですか！（怒）
銀次　この顔ぶれ見ろよ。オレとオッさんに、アイツらが惚れ込んだ「坊っちゃん」の役が務まると思うか？
晶　そ、それは……。
かんな　間違いなくガッカリするわね。
銀次　それにオッさんに聞いたぜ。アイツらの王さまがオマエの親父かもしれないんだって？
かんな　足尾さん！（怒）
足尾　す、すいません！
銀次　親父の後始末は、息子がつけるのが筋ってもんだ。違うか？

晶　で、でも、もしバレたら？　ボクがヤバいじゃないですか！
スズ　坊っちゃん、どうされたんです？　さあ、こちらに。

スズが晶を腰かけさせる。

コハク　今夜は坊っちゃんのために、特別ゲストを呼んでるんですよ。
晶　ゲスト？
スズ　坊っちゃんが帰られたら、絶対呼ぼうってみんなで決めてたんです。（耳打ち）
晶　……え？　サンタ？
かんな　サンタぁ？
コハク　昔、坊っちゃんが「サンタさんに会いたい」ってダダをこねたことあったでしょう？　サンタに、ムリ言って来てもらって。
かんな　え？　本物？　ねえ！　本物のサンタさんが来たことあるの？
銀次　ばーか！　本物のわけねえだろ？
スズ　本物よ！　コハクが手紙書いて、ちゃんと呼んだんだから。
コハク　覚えてませんか？　あの時、いきなり現れたサンタに、坊っちゃんはなぜか泣き出してしまわれて……。
スズ　よっぽど嬉しかったんだろうって、あのあとみんなで話してたんです。
足尾　（感心して）サンタともお知り合いだったんですか。

ミカゲ　実際見たことはなかったが、大体の情報なら坊っちゃんから伺っていたからな。

かんな　（手を挙げる）はい！　会いたい！　アタシ、会いたい！

コハク　それではご登場いただきましょう。ちびっ子たちの永遠のアイドル、サンタ！

　　メノウが出てくる。口には泥棒ヒゲを蓄え、服装は真っ赤な作業ベストとニッカポッカ。なぜか唐草模様の袋をかついでいる。ヒモ付きのクマのぬいぐるみを肩から斜めに提げ、胸には「三太」と書かれた名札。

　　ミカゲとコハクのトークにのせて、メノウがモデル歩き。晶たち、ボー然。

ミカゲ　サンタの魅力、その１。前衛的なファッションセンス。

コハク　時代に逆行したメタボな体型とキュートなおヒゲが魅力のちょい悪オジさま。長年のキャリアと渋さを武器に、世界をまたに大活躍。ラッキーカラーはもちろん、赤。

　　メノウがウィンク。

ミカゲ　サンタの魅力、その２。子供心を忘れない永遠のロマンチスト。

コハク　その名の示すとおり、長男「正太《しょうた》」、次男「継太《けいた》」の弟として「三太《さんた》」と名付けられた彼。末っ子特有の甘えん坊な性格で、今でも夜はクマさんと一緒に眠っています。

メノウがクマのぬいぐるみを可愛く抱っこ。

ミカゲ　サンタの魅力、その3。プレゼントの詰まった大きな袋。

コハク　あえて持ち手を省《はぶ》いた斬新なフォルムに、柄《がら》には唐草模様を採用することで、アジアンテイストな魅力をプラス。時にはレジ袋がわりに、広げて使えばレジャーシートにもなる地球に優しい多機能バッグです。

唐草模様の風呂敷をかついでポージング。

コハク・ミカゲ・スズも壇上に上がって華麗な（?）ダンス。四人が決めポーズ。

足尾　ホントにいたんですねぇ、サンタ♪

三人　（突っ込む）おいっ！（怒）

かんな　サンタなわけないでしょうが！

足尾　だけど、王さまは泣いて喜んでたって――

晶　間違いなくうれし泣きじゃありませんから！

銀次　サンタだっつってあんなんが出てきたら、誰でも泣くだろ？　ショックでよ。

かんな　一生の傷になるわよ。

スズ　はーい、みんな～！　いい子にはサンタさんからプレゼントがありますよ～♪

メノウ　メリー・クリスマ～ス♪

可愛くラッピングされたプレゼントを取り出しては、かんなたちに手渡す。

メノウ　（晶に）さあ、どうぞ。
晶　あ……どうも。（受け取る）
ミカゲ　（足尾に渡す）
足尾　え？　……あ、ありがとうございます！（受け取る）
スズ　（銀次に）はい♪
銀次　え？　オレにも？（受け取る）
コハク　（かんなに）どうぞ。（極端に小さい包みを渡す）
かんな　わーい！　……って、ちっさ！

嬉しさと戸惑いとでみんなソワソワ。コハクたちがニヤニヤ笑いながら行ってしまう。
みんながそれぞれのプレゼントを嬉しそうに開け始める。中をみて止まる四人。

銀次　なんだ？　これ。
足尾　……肩たたき券？（戸惑っている）

晶へのプレゼントは、小さな犬の首輪。銀次は、油まみれで汚れた軍手。足尾は、手作りの肩たたき券。

かんなは、小さな石がついた指輪。
全員がそれぞれ渡された物を見つめる。

銀次　（引きつり笑い）おい、一体なんのマネだ？　なんかの嫌がらせか？

晶　どうして、これがここに？

かんな　無くしたと思ってたのに……なんで？

四人が手の中のモノを呆然と見つめたまま去る。

硝子がやってくる。晶が不在の速水家。電話の子機を片手に誰かと喋っている。

硝子　——え？　じゃあ、片山さんの方にも連絡ないんですか？　——ええ。私が何度電話しても圏外みたいで。——水曜日の打ち合わせ。（壁のカレンダーを見て）って今日、もう木曜……。——ええ。連絡ついたらたらすぐお知らせします。あの、連絡先を伺っても——はい。あ、ちょっと待ってください。

硝子がペンを探してポケットを探る。駅で晶に渡されたメモが出てくる。
硝子が何かを考えている。

硝子　片山さん。あの、もう一日待ってもらえますか？　――ええ、ちょっと心当たりがあって。
――はい。すいません、ご迷惑ばっかりかけて――はい。失礼します。

硝子が何かを決意したように部屋を出ていく。

12　価値ある物

少年が手に缶箱を持ってトボトボ帰ってくる。膝をすりむいている。
母親がやってくる。

母親　あら、チャーちゃん、おかえりなさ――（少年を見て）どうしたの！　転んだの？

母親が少年に駆け寄って、手や膝の土を払う。
少年が我慢できずに泣き始める。

母親　友達とケンカでもした？
少年　（泣きながら）だってヒロくんが……。
母親　うん？
少年　ヒロくんがボクの宝物見て「こんなの全部ガラクタだ」って……。お父さんからもらった石も「そんなの宝石じゃない。タダの石ころだ」って。（泣く）
母親　（笑って）それでケンカしたの？

少年　ヒロくん、嘘つくから嫌いだ。
母親　そうかなあ……。お母さんはそうは思わないけどな。
少年　（怒る）じゃあ、お母さんはお父さんが嘘ついてるって言うの？　……お父さんの宝石はニセモノだって言うの？
母親　（笑って首を振る）お父さんは嘘なんかつかないわ。
少年　じゃあ、なんで？
母親　……きっと、ヒロくんにはその石の光が見えなかったのよ。
少年　え？
母親　だってあの石は、お父さんが「チャーちゃんに」ってくれた物でしょ？　そして、チャーちゃんが大切にしてくれるから、きっと石だってチャーちゃんにだけピカピカ光って見せるのよ。
少年　石が……？
母親　物の大切さは、それを見る人によって変わってしまうの。お父さんの石がチャーちゃんにとって宝物なように、ヒロくんにはヒロくんだけの宝物があるのよ。たとえ同じ人でも、子供の時に大切だった物が、ある時急に光を失ったり、逆に子供の時には分からなかったことが、大人になると見えるようになったりね。
少年　ふーん……。

玄関チャイムが鳴る。

母親　はーい！

母親が玄関に向かう。少年が箱の中から石を取りだして、ジッと見つめる。

少年　ボクは見えなくなんかならない……ゼッタイに。

少年が石を箱に戻すと同時に、母親が戻ってくる。

母親　チャーちゃん。……ヒロくんよ。
少年　え？
母親　泣いてるけど……どうする？　帰ってもらう？
少年　（しばらく考えて）お母さん、これ引き出しに入れといて！

少年が缶箱を母親に渡して、あわてて出ていく。

母親　暗くなるまでには帰るのよ！
少年　はーい！
母親　（宝箱に）早速、置いてけぼりね。

母親が笑って奥に去る。

13　復讐

足尾が「肩たたき券」を、銀次は軍手を見つめて、ボーっとしている。
かんなが二人を見つけ、ため息をつく。つづいて晶もやってくる。

晶　どんな様子ですか？
かんな　（首を振って）さっきからずっとあの調子。……あっち（銀次）も、汚れた軍手見ながら黙ったまんまで。
晶　そうですか……。
かんな　（明るく）晶さんは？　何もらったんですか？

晶が小さな首輪をかんなに渡す。

晶　子供の頃に飼ってた犬の首輪です。
かんな　（首輪を見て）ホントだ。ポチって書いてある。
晶　捨て犬だったんです。どうしても飼いたいってダダこねたら、あの厳しい父が「ちゃんと世話するなら飼ってもいい」って。
かんな　へえ。
晶　四年後ポチが病気で死んだとき、この首輪も一緒に埋めたハズなんですけどね。

二人が黙り込む。コハクがやってくる。

コハク　坊っちゃん、みんな向こうで待ってますよ。
晶　あ……はい。
銀次　（コハクに）おい……何だよ、コレ。
コハク　（振り返る）
銀次　（軍手を見せる）なんでこんな汚ねえ軍手がプレゼントなんだよ。嫌がらせか？
コハク　別に、私たちが選んだわけじゃないから。
銀次　じゃあ、誰が選んだってんだよ！
コハク　その子……。
かんな　え？
コハク　その子がアナタを選んだの。
銀次　……。
コハク　ここにはいろんな忘れ物が集まってくる。人に捨てられたモノたちや、忘れられたモノたちが……。

晶　……忘れ物?
コハク　アナタが忘れても、その子はアナタを忘れない。人に愛されたこと、一緒に過ごした時間、そこで目にした人の想い……。
足尾　……。（手の中のモノを見る）
コハク　アナタは知ってるハズよ。それにどれ程の価値があるのか。そして、今のアナタにとって一番必要なモノだってコトも。
晶　一番必要なモノ……。
銀次　要するに……復讐ってことか?
かんな　復讐?
銀次　ガラクタどもが忘れられた腹いせに、人間に自己主張してるってワケだ。「私はここよ。どうして捨てたの?　どうして忘れたの?」ってな!　……言っとくが、コイツはオレのもんじゃねえ。持ち主でもねえのに、恨みがましくつきまとわれちゃ迷惑なんだよ!

銀次が軍手を床に叩きつけ、出ていってしまう。足尾が軍手をそっと拾いあげる。

足尾　ちょっと、見てきます。

足尾が銀次の去ったほうへ消える。

かんな　な、なんかシメっぽくなっちゃったわね♪
コハク　そう？（あっさり）
かんな　そう？　って……。
コハク　坊っちゃんはサンタに何もらったんですか？
晶　え？　……ああ――
かんな　子供の頃に飼ってた犬の首輪ですって。
コハク　首輪？
晶　ボクに今一番必要なモノがコレってことですかね。なんか意味が分からないけど。
かんな　また犬を飼えってコトじゃないですか？　小説の材料になるからとか。
コハク　犬、飼ってたんですか？
晶　ええ、捨て犬だったのを父にわがまま言って。
コハク　へぇ……。
かんな　可愛かったでしょ？
晶　そりゃあ、ね。

コハクが晶をジッと見つめる。そこへ、スズがやってくる。

スズ　コハク、遅いよ！　何やってんの？
コハク　あ……忘れてた。

スズ　坊っちゃん！　今日は、悪の秘密結社と戦おうかって話してたんですよ。みんな久しぶりに坊っちゃんのサクライダーＶ３が見たいって！
晶　さくらいだー？
スズ　みんな待ってますから、行きましょ！
晶　う、うん。できるかな……さくらいだー。
かんな　ガンバってくださいね……。
スズ　コハクも早く来てよ！　先にはじめてるから。

晶がスズに引っ張られて行ってしまう。かんなとコハクが残る。

かんな　……さてと！　アタシは荷造りでもしよっかな。（出ていこうとする）
コハク　誰が言い出したの？
かんな　え？（振り返る）
コハク　ニセモノたてようって……坊っちゃんの。
かんな　え！　……（うろたえる）な、何のこと？　ナニ言ってんのか、私にはさっぱり——
コハク　あれは坊っちゃんじゃない。
かんな　……どうして？
コハク　坊っちゃんは犬は飼わない。飼えないの……犬だけは。
かんな　え？

コハク　四歳の時に野良犬にかまれて大ケガしてから、子犬の鳴き声を聞くのも怖くなったって。どんなに大丈夫だって言っても、ゼッタイに触ろうとしなかった。
かんな　……そんな――
コハク　私たちを騙そうなんて、ずいぶん思い切ったことやってくれるじゃない。
かんな　ちょ、ちょっと待って。嘘ついたコトは悪かったわ。ほ、ホントにごめんなさい！
コハク　（ため息）べつにいいわよ。もうどっちでも……。
かんな　え？
コハク　分かってたの、ホントはずっと前から……。
かんな　……。
コハク　そう。分かってた……坊っちゃんは、もう帰ってこないんだって。あの日、坊っちゃんがこの町を出ていったあの日からずっと……。

14　別れの時

カベ板のすきまから少年が入ってくる。なぜかリュックを背負って、缶箱と絵本を抱えている。

コハク　坊っちゃん！　何日もいらっしゃらないから心配してたんですよ。……あれ？　今日、学校は？
少年　みんな……まだ寝てるの？
コハク　はい。あ、呼んできましょうか？（奥に向かう）
少年　ボク、もう時間がないんだ。
コハク　え？（振り返る）
少年　これから四国に行くんだ。親戚の叔父さんが一緒に行こうって、タクシーで待ってくれてるから。
コハク　しこく？　いつお戻りに？
少年　お父さんが秋田の採石場で石の下敷きになって……死んじゃったんだ。
コハク　え？
コハク　だからボク……もうココには、いられない。

コハク　……そんな――
少年　でも心配しないで。叔父さん、優しくていい人なんだ。新しい学校でもいっぱい友達できるから、大丈夫だって。
コハク　とにかく待っててください。今みんなを呼んできます。（奥に向かう）
少年　だから、誰にも会わずに行くよ。顔を見ると泣いちゃいそうだから。

コハクが立ち止まる。振り返って、少年を不思議そうに見つめる。

コハク　……誰にも？
少年　これ……宝箱とお母さんの絵本。
コハク　坊っちゃん？
少年　どっちにもお父さんとお母さんの思い出が詰まってるけど、ここに置いてく。

コハクが少年の顔の前で、おそるおそる手を振る。だが、少年の目は動かない。
息を呑むコハク。少年の目には、コハクが見えていない。

少年　願い事って、一生懸命祈ってたら叶うワケじゃないんだね……。親戚の叔母さんたちが言ってたんだ。もう少しウチにお金があれば、お母さんももっといい病院で診てもらえたし、お父さんだって危ない仕事なんかしなくても良かったのにって。

コハク　坊っちゃん。こっちを見て下さい。
少年　ボクがもっと大人だったら、お父さんもお母さんも死なずにすんだの？
コハク　坊っちゃん！
少年　ボクがもっと強かったら、二人は今もボクのそばにいてくれたのかな。（泣き出す）

コハクが角材でドラム缶を叩く。大きな音を出して、気づいてもらおうとするが、少年には聞こえていない。

コハク　コハクはここにいます！　坊っちゃん！　こっちを向いてください！
少年　（涙をぬぐう）やっぱりダメだな、ボク。泣かないって決めてたのに……。
コハク　コハクの声が聞こえないいんですか！
少年　約束するよ……。ボク、強くなる。一生懸命勉強して、働いて、誰よりもお金持ちになって、それから大きな家を建てるんだ。自分の手で大切なモノを守れるくらいに強くなるって決めたんだ。
コハク　坊っちゃん……。お願い……こっちを向いて。

遠くで車のクラクションが鳴る。

少年　もう行かなきゃ。（出口に駆け出す）

コハク　坊っちゃんっ！

もう一度振り返って、愛おしそうに建物の中を見つめる少年。

少年　みんなのこと、ずっとずっと大好きだよ。……さよなら。

少年が出ていく。コハクが取り残される。
かんなが静かに口を開く。

かんな　それが……最後だったの？
コハク　（うなずく）
かんな　他のみんなには？
コハク　みんな坊っちゃんが大好きだから、その坊っちゃんがもう二度と帰ってこないなんて、とても言えなかった。だから、坊っちゃんが置いてった絵本の話を使ったの。
かんな　「王さまは青い石を探す旅に出た」ってことにしたのね。
コハク　みんなには言わないで。今も、坊っちゃんが帰ってきたってあんなに大喜びして。……少しの間でいいから。
かんな　（うなずく）分かった。

コハクが去る。かんなが自分の指にはめた指輪をじっと見つめる。
何かを決意したように、反対側へ去るかんな。
ミカゲがやってくる。コハクの後ろ姿をジッと見つめ、立ち尽くす。

15　王の末路

別の場所に、銀次がやってくる。目には涙。つづいて足尾がやってくる。

足尾　銀次さん、忘れ物ですよ。

銀次　！（あわてて涙をぬぐう）

銀次に軍手を渡す。それをジッと見つめる銀次。足尾がポケットから肩たたき券を出す。

足尾　コレ……昔、娘にもらったんです。「肩たたき券」……。私、これでも一流企業の企画部に勤めてたんですよ。仕事仕事で、ある日ふと気づいたら、どうやって子供と喋っていいのかも思い出せなくなってました。もちろん、嫁さんとの会話もほとんど無くて……案の定、離婚です。

銀次　……。

足尾　私なりにこれでも一生懸命やってきたつもりなんですけどね。「ささやかでも幸せな家庭」って言うんですか？　……やっぱり、自分勝手な幻想だったのかな。

銀次　……んなことねえよ。

足尾　……。（銀次を見る）
銀次　今は分からなくても、アンタの娘もいつかきっと気づく。オレが親父のことを何も分かってなかったようにな。
足尾　え？

銀次と足尾がストップモーション。
ミカゲのもとへ、晶・スズ・メノウがやってくる。晶の息が上がっている。

スズ　あーっ！　面白かった！
メノウ　やっぱり、坊っちゃんが入ると迫力が違うよな！
スズ　コハクもくれれば良かったのに……。
ミカゲ　（背中を向けたまま）坊っちゃん……。
晶　え？　あ、はい！
ミカゲ　ミカゲから、坊っちゃんにお聞きしたいことがございます。
スズ　どうしたの？　ミカゲ。怖い顔しちゃって。
ミカゲ　本当のコトを教えて下さいませんか？
晶　え？　ほ、本当のこと？
ミカゲ　真実です。嘘いつわりのない真実をお聞かせいただきたい。つつみ隠さず……。

ミカゲ・晶・スズ・メノウがストップモーション。

再び、銀次と足尾の会話。

銀次　オレの親父は小さな部品工場を経営してたんだ。たった三～四人の社員と毎日毎日、油まみれで働いても食ってくのがやっとだったが、親父は自分の仕事に誇りを持ってた。

足尾　……。

銀次　だが取引先のデカイ会社が、ある日突然、契約を打ち切りやがってよ。そうなりゃ、ウチみてえな小さい工場《こうば》はひとたまりもねえ。あっという間に首が回らなくなって……。あっけねえモンだ。そして、その半年後……親父は死んだ。

足尾　え？

銀次　工場潰して、生きる気力が無くなったんだろうな。ある朝、おふくろが起こしにいったら冷たくなってたって。棺桶ん中の親父は、まるで蟬の抜け殻みてえだった。

足尾　……。

銀次　（涙が止まらない）オレは後悔してるんだ。子供の頃から油まみれの親父がずっと恥ずかしくて、友達も家に呼んだことなくてよ。どうして胸張って言えなかったんだろうって……。これがオレの父ちゃんだって。頑固で口ベタだけど、働きモンの自慢の父ちゃんなんだって。

足尾　……。（銀次の肩にそっと手を置く）

銀次　（足尾に）父ちゃん……。父ちゃん！

銀次が足尾にしがみつく。足尾も銀次を抱きしめる。

銀次　父ちゃん！　ゴメン……ゴメンよ！

足尾　銀次っ！　……銀次ぃぃぃっ！

二人が号泣しながら、しっかりと抱き合う。そこへ、かんながやってくる。

かんな　ねえ、晶さん見なかっ――（二人を見る）ちょっと……アンタたち何やってんの？

足尾　え？

銀次　な……何でもねえよ。（涙を拭く）

かんな　個人の趣味は自由だし、アタシもとやかく言うつもりないけど……。もうちょっと場所考えなさいよね。

銀次　変な誤解すんじゃねえよ！

かんな　ねえ、それより、晶さん知らない？

足尾　いいえ？

かんな　そう……。

銀次　アイツに何の用だ？

かんな　（あたりを見まわして）ついてきて。

かんなに連れられて、銀次と足尾が消える。
再び、ミカゲたちの会話。

スズ　それって……どういうこと？
メノウ　じゃあ……本物の坊っちゃんは？
晶　……父は……死にました。
ミカゲ　（目を閉じる）……。
メノウ　……死んだ……？
晶　（うなずく）……二週間前に。
スズ　やだ……そんなのヤダ！（耳をふさぐ）
メノウ　坊っちゃん……。

スズとメノウが泣き始める。哀しい泣き声が響く。

晶　……何でだよ。
ミカゲ　……。（晶を見る）
晶　なんでアンタたちが泣くんだよ！

三人が驚いて晶を見る。晶が怒りに震えている。

晶　あの人が死んでも、ボクは泣けなかったのに……どうしてアンタたちが泣くんだよ。ボクはあの人の背中しか覚えてないんだ。いつも家族に背を向けて、頭にあるのは会社の業績ばかり……。

三人が凍り付いている。

晶　父は……アンタたちが思ってるような大人にはならなかった。あの人が信じたのは、愛でも正義でもなく……カネだけだったんだ。

スズ　ウソ！

メノウ　坊っちゃんは、そんな大人になんかならない！

晶　じゃあ、何で戻って来ないんだよ！　ホントにみんなのことを覚えてるんなら、どうして一度でいいから帰ってきてくれなかったんだ！

スズ　……それは……（絶句）

晶　ボクはあの人を許さない……。あんなヤツが父親だなんて、絶対に認めない！

晶が走り去る。立ち尽くすミカゲたち。

そこへ、硝子が現れる。

硝子　あのぅ……ちょっと、おたずねしますけど。

ミカゲたちが硝子を見る。

硝子　ここに、速水る……速水晶はお邪魔してません……よね。（建物の中を見渡す）

ミカゲ　……オマエは？

硝子　あっ！　私、速水の妹です。兄がたぶんこの辺に来てるハズなんですけど、他に建物が見あたらなくて。

ミカゲ　オマエの兄なら、ココにいる……。

硝子　え？　ホントに？（ため息ついて）よかったぁ！　ほとんど当てずっぽうで来ちゃったから、もうダメかと――

ミカゲ　来い。

硝子　え？

ミカゲ　案内してやろう……オマエの兄のところへ。

硝子　あ！　お願いします！

ミカゲがメノウとスズに目配せ。二人がうなずき、硝子を連れていく。
ミカゲの目が、何かを企んでいるように不気味に光る。ミカゲが去る。

16　晶の秘密

かんなが晶のバッグを、銀次が晶の上着を、足尾はスケッチブックを持ってくる。

足尾　かんなさん！　やっぱりマズイですよ。こういうのは——
銀次　で？　なに探せばいいんだ？
かんな　（探しながら）うーん。晶さんのお父さんの写真かなにか……。
足尾　どうしてそんなモノを？
かんな　晶さんのお父さんがコハクたちの「王さま」だとしたら、コハクたち四人は、もう五〇年近くも、ここで王さまの帰りを待っていることになるわ。
足尾　……。
かんな　もう二度と会えないなら……せめて大人になった顔ぐらい見せてあげたいの。その写真をみせて、「家族の愛に包まれた幸せな人生だった」って言ってあげたいの。

銀次が、晶の上着のポケットをまさぐって、何かをみつける。

銀次　お？
かんな　何かあった？
銀次　財布♪（中を見て舌打ち）思ったより入ってねえな……。
かんな　もう！　まじめに探してよ！
銀次　お、免許証か……どれどれ？　ふーん。意外と写真うつりいいな、アイツ。
足尾　ホントだ。免許の写真って、みんな犯罪者っぽくなっちゃうんですけどね。
銀次　あれ？　これ……（吹き出す）
足尾　何です？（見る）……あ。
銀次　これがアイツの本名？（笑いながら）女みてえ。
かんな　（取りあげて）ちょっと！　人のこと笑うなんて失礼でしょ！（名前を見て）え？
銀次　な？　男でその名前はちょっとありえねえだろ？
かんな　これって……。
晶　（遠くで）かんなさん！
銀次　やべっ！

あわてて晶の私物を隠す三人。そこへ、晶が駆け込んでくる。

晶　すみません。あの、硝子を……妹を見ませんでした？
かんな　妹さん？

晶　さっき、そこでアイツの携帯を拾って……。ココに来てるなんて知らなくて。
かんな　アタシは会ってないけど……。（足尾を見る）
足尾　……。（首を振る）
銀次　探してみたのか？
晶　ええ。めぼしいトコは一応ぜんぶ探したんですけど――

急にあたりが暗くなる。ひんやりとした空気があたりに立ちこめる。

銀次　なんだ？
かんな　ねえ……なんか急に寒くなった気がしない？
足尾　……そうですね。
かんな　とにかく、妹さんを手分けして探しましょ。
銀次　じゃあ、オレらは向こう探すわ。
晶　（かんなに）じゃあ、ボクらはこっちを。

かんなと晶が去ろうとして立ち止まる。

銀次　？　……どうした？

晶とかんなが後ずさり。視線の先に、例の化け物たちが現れる。

足尾　この前の化け物だ！
かんな　……なんで？
銀次　こっちだ！　来い！

かんなと晶が銀次たちの方へ走る。しかし、銀次の背後からも化け物が現れる。
化け物たちがぞろぞろと出てきて4人を囲む。ジリジリと追いつめていく。

晶　……どうするんですか？　このままじゃ、全員アウトですよ。
足尾　こんな時、コハクさんたちがいてくれたら――
銀次　そうだ！　その手があった！
かんな　でも、どうやって知らせるのよ！
銀次　とにかくアイツらにたどり着くまで、逃げて逃げて逃げまくるしかねえだろ。
足尾　この場をどうやって突破するんです？
晶　くそ……こうなったら、イチかバチか。（化け物たちの背後を指さし）あ、北大路欣也《きたおおじきんや》。

化け物たちが背後を振り返る。

かんな　今よ！

四人が一斉に駆け出す。それを追いかけて化け物たちが走り去る。

17　生《い》け贄《にえ》

スズがやってくる。ビールの王冠を取りだして、懐かしそうに見つめる。

スズ　ネズミの王さまか……。

ミカゲとメノウがやってくる。

ミカゲ　あの娘《むすめ》は？
スズ　薬で眠らせてる。
メノウ　なあ……何を始めるんだ？
ミカゲ　オレたちの手で、坊っちゃんを……取り戻す。
スズ　……え？
ミカゲ　無念のうちに亡くなられた坊っちゃんに、もう一度人生をやり直していただく。
メノウ　でも、どうやって？
ミカゲ　もちろん、死んだ人間を生き返らせるんだ。それなりの代償を支払うことにはなるがな。

スズ　（ハッとして）まさか……あの子を生け贄に使うってこと？
ミカゲ　……。
メノウ　そうなのか？
ミカゲ　血縁者は、復活のための生け贄には最適だからな。
スズ　ホントにやるの？
ミカゲ　あんなに優しかった坊っちゃんが、人を愛せない大人になったなんて……オレには耐えられない。家族からも愛されず孤独のうちに亡くなったなんて。
メノウ　……。
ミカゲ　坊っちゃんには坊っちゃんにふさわしい生き方があるハズだ。愛にあふれた人生があったハズなんだ。……坊っちゃんの無念を晴らすことができるのは、もうオレたちしかいない。

そこへ、銀次と足尾が叫びながら駆け込んでくる。ミカゲたちを見つける。

銀次　いた！（ヘタり込んで）あぁ〜！　助かったぁ〜。
足尾　も、もう動けません……。もう、ムリです。

晶が駆け込んでくる。

足尾　速水さん。……あれ？　かんなさんは？

晶　（呼吸が激しい）すいません……途中ではぐれてしまって。
足尾　え！
晶　化けモンから逃げるのに夢中で、気づいたらいなかったんです。
足尾　……そんな――
銀次　大丈夫。アイツは殺したって死なねえよ。

化け物がすぐそこまで迫る。

足尾　来た！
銀次　（ミカゲたちに）おい！　この前みたいに、チャチャッと片付けてくれよ。
ミカゲ　断る。アレは、我々が解き放ったのだ。オマエたちを喰わせるためにな。
晶　え？
ミカゲ　オレたちを騙しておきながら、無事にココから出られると思ったのか？

銀次が晶を見る。

晶　すいません。いつの間にか、バレてて。
足尾　あ……これ、間違いなく殺されますね。
銀次　マジかよぉ……。

銀次が頭を抱える。

ミカゲ　さいわい、生け贄にふさわしい血も見つかった。あとは王の復活を果たすのみ。

晶　生け贄？

スズとメノウが白い幕を剝ぎ取る。硝子がイスに腰かけた状態で縛られ、気を失っている。

晶　硝子！

思わず飛び出す晶を銀次と足尾が止める。スズが硝子の首に刀を据える。

晶　硝子ぉ！　貴様ら……硝子に何をした！

硝子が目を覚ます。自分が置かれている状況が飲み込めない。

メノウ　おや、お目覚めですか？　お姫さま。

ミカゲ　機は熟した。（化け物たちに）さあ、そいつらを喰い尽くせ。

化け物たちが銀次たち三人に飛びかかる。三人は悲鳴をあげながら必死に応戦するが、圧倒的に不利。

18　対決

そこへ、コハクが駆け込んでくる。化け物たちを次々と斬り捨てていく。
すべての化け物がいなくなる。コハクの目が、怒りを帯びて光っている。

スズ　……コハク。
コハク　なにやってるの？
スズ　え……何って。（口ごもる）
メノウ　ミカゲが、これから坊っちゃんを生き返らせるってさ。坊っちゃんと血が繋がったこの子を生け贄にすれば、もう一度生き直すことができるんだ。今度こそ幸せになれるんだぜ。
コハク　（ため息）……その子を放して。
スズ　え？　……でも——
コハク　（大声で）放しなさい！

スズとメノウがビクッとする。

コハク　ミカゲ、どういうつもり？　この国に妖魔を引き入れるなんて。
ミカゲ　メノウが言ったとおりだ。邪魔者を排除し、坊っちゃんを取り戻す。
スズ　コハクも手伝ってくれるでしょ？
コハク　イヤよ。
スズ　……え？
コハク　こんなコトしたって、坊っちゃんは帰ってこない。
ミカゲ　……。
コハク　坊っちゃんだってこんなコト、絶対にお望みにはならない。
ミカゲ　どうして、そんなコトが言える？　一度も戻られなかった坊っちゃんのお気持ちが、なぜオマエに分かる。

コハクとミカゲがにらみ合う。張りつめた空気。

銀次　な、なあ……あのさ——（手をあげる）ちょっと、いい？
足尾　（小声で）なんですか！　こんな時に！
銀次　要は、王さまが幸せだったんなら、それでいいんだろ？
足尾　え？
銀次　だから、王さまの人生が幸せだったんなら、この場は丸くおさまんだろ？
足尾　ええ……たぶん。

銀次　（晶に）だったら言ってやれよ。親父さんは幸せだったたって、息子のお前の口から。
晶　えっと……。
銀次　ほら早く！
晶　……ち、父は……父は。（言葉が出ない）
銀次　何やってんだよ！
晶　……。（目を閉じる）
ミカゲ　（鼻で笑う）ほら、言えないだろう？　コハク、これが現実だ。自分の息子にさえ否定される人生に、一体なんの意味がある！
コハク　……もう一度言う。こんなコトしたって、坊っちゃんは帰ってこないし、坊っちゃんの生き方は何も間違ってなんかない。
ミカゲ　これ以上、話してもムダだな。できれば四人揃って、坊っちゃんの復活を見届けたかったが……残念だ。

メノウとスズがコハクに向かっていく。激しい斬り合い。だがコハクには、メノウとスズの攻撃がまったく効かない。凍り付く三人。

メノウ　効かない……。
スズ　たしかに当たってるハズなのに……どうして！
コハク　（不敵に笑う）まだ分からないの？　アナタたちがその子を放さない限り、ここではこの私が最強なの。
ミカゲ　どういうことだ……。
コハク　ここは坊っちゃんのお作りになった国……。どんなにピンチになったって、最後には「正義が勝つ」って決まってるのよ！

コハクの振るう刀がメノウとスズを斬りつけていく。追い詰められる二人。
コハクが刀を振り上げる。スズがギュッと目を閉じる。
ミカゲがコハクの刀をはじく。激しい戦いの末、ついにミカゲがガックリと膝をつく。

スズ　ミカゲ！
銀次　……勝った。（足尾に）オッさん！
足尾　は、はい！

銀次と足尾が硝子の縄を解く。なおもミカゲたちにジリジリと迫るコハク。

コハク　これ以上、坊っちゃんの人生を否定することは私が許さない。そんなに坊っちゃんに会えないコトが苦しいの？　……だったら、この私が終わらせてあげる！

コハクがミカゲに斬りかかる。

晶　やめろっ！（絶叫）

晶がコハクの前に飛び出す。コハクが止まる。

晶　もういいよ。やめてくれよ。……何であんなヤツのために傷つけあうんだよ。
足尾　速水さん……。
晶　言ったじゃないか。アイツにとって一番大切だったのはカネだったたって。純粋な子供のまま大人になったワケじゃないんだ……。みんなの思いに値《あたい》するような、人間じゃないんだ！

重々しい沈黙が流れる。コハクが口を開く。

コハク　だったら、何？　それがどうしたって言うの？
ミカゲ　……。
コハク　お金に執着して何がいけないの？　何も知らないクセに……。あの人の苦しみのひとかけらも理解しようとはしないクセに！（叫ぶ）
晶　……。
コハク　坊っちゃんはお金を愛したんじゃない。ただ……「貧しさ」を憎んだだけ。貧しさは、あの人からすべてを奪っていった。優しい母、大好きな父親……。坊っちゃんの愛する者すべてを根こそぎ奪っていったのよ。

晶　……。

コハク　坊っちゃんは、弱い者は他人の情けにすがらなければ生きられないことを、誰よりも知っていた。普通の子供が当たり前に持ってる子供じみた夢さえ、誰よりも早く手放して。そして……最後には、私たちのことだって見えなくなってた。

スズ　え？

コハク　坊っちゃんはまだ十歳だったのよ！　泣き虫で怖がりな子供だったのよ！　なのに、どうして……？　どうして誰も、坊っちゃんの淋しさを分かろうとしないの？　坊っちゃんの悔しさを救おうとしないの？

スズとメノウの泣きじゃくる声。そして、ミカゲの頬に涙。

19　青い石

かんな　みんな！

かんなが駆け込んでくる。

かんな　（息を切らせて）あー！　よかった！　間に合った～！
足尾　かんなさん！
かんな　見つけたの。
銀次　あ？
かんな　青い石を見つけたの！　王さまは忘れてなんかいなかった。ちゃんと探し出してたの。
銀次　オマエいきなり入ってきて、何ワケ分かんないこと言ってんだ？　今ようやく、一応の決着らしき方向に向かって――
かんな　うるさいわね！　ちょっと黙ってて！（厳しい）
銀次　はい……。
足尾　本当にあったんですか？　青い石。

かんな　ええ。
スズ　どこ？　……ねえ。青い石、ドコにあるの？
かんな　足尾さん、彼の名前は？
足尾　え？
かんな　晶さんの本当の名前です。免許証見たでしょう？
足尾　え、ええ。たしか……速水……瑠璃。

ミカゲたちが驚いて晶を見る。

ミカゲ　……瑠璃？
晶　え？
銀次　何だよ……コイツの名前がどうしたんだよ。
かんな　速水瑠璃。瑠璃は別名を「ラピスラズリ」っていうの。
晶　らぴすらずり？
かんな　ええ。

コハクが晶の顔を見つめる。

コハク　坊っちゃんが言ってた。「瑠璃」っていう……地球と同じ色をした、とても綺麗な青い石があるって。
かんな　王さまは忘れてなかったのね……アナタたちのこと。だから、自分の最初の子供に、地球と同じ色をした石の名前を——

スズとメノウが大声で泣き出す。

かんな　(涙をぬぐって) 晶さん、サンタにもらった首輪。持ってますか?

晶がポケットから犬の首輪を出す。

かんな　コハクから聞いたの。アナタのお父さんは、犬を飼えなかったって。小さい頃、野良犬に咬まれてからは、子犬にもさわれなかったって。
晶　え?
かんな　そのお父さんが、「犬を飼っていい」なんて、そんなコトどうして言ったと思う? 仕事ばかりで、いつもアナタに淋しい思いをさせてることをお父さんはちゃんと知ってたのよ。だから、大嫌いな犬を「飼ってもいい」だなんて……。
晶　……。(泣き始める)
硝子　……お兄ちゃん。
かんな　ちゃんと愛されてたじゃない。

晶が首輪を握りしめたまま、泣き崩れる。
正面の扉から、ゆっくりと朝日が射し込んでくる。

銀次　朝だ……。

ミカゲたちが立ち上がる。銀次と足尾が身構える。

ミカゲ　(銀次たちに) お別れだな……。
銀次　え?

スズとメノウが微笑んでいる。ゆっくりと出口へ向かう三人。

かんな　どこ行くの?
ミカゲ　もちろん、坊っちゃんのところだ。
晶　え?
ミカゲ　人は死んだら、あの世に行くんだろう?　ならば、我らもそこへ……。
スズ　アタシたち、坊っちゃんをお守りする騎士団なんだもん。
メノウ　坊っちゃんは淋しがり屋だからな。

笑い合う三人。メノウ・スズ・ミカゲがゆっくりと消えていく。
かんなが急に泣き始める。

銀次　どうしたんだよ、急に。
かんな　神さまってホントにいるんだなぁ、と思って。一人ぼっちの男の子に、こんなに優しい仲間をくれたんだって思ったら……なんか嬉しくて。（泣いている）
コハク　……それは違う。
かんな　違う？
コハク　（うなずく）神さまが「私たちに」くれたのよ……坊っちゃんを。

コハクが笑う。朝日が窓から射し込み、コハクを包み込む。
晶の声が流れる。

晶　そう言って笑うコハクの姿は、まるで一枚の絵のようだった。そして、ほんの一瞬、本当に一瞬だったけど、コハクの顔がどことなく死んだ母に似ているような気がしたんだ。どうしてそう見えたのかはよく分からないけど……ただ、そんな気がしたんだ。

ゆっくりと暗転。

どこからか、絵本を読む母親の声。

母親　魔法使いは言いました。「この世界のどこかには、不思議なチカラを持つ青い石があってね。その石を手にした者はどんな願い事も叶えることができるんだ」それを聞いた王さまは、その石を手に入れるため旅に出る決心をします。それに、この国の外にどんな世界が広がっているのかも見てみたくなったのです。泣いて止める家来たちに王さまは言いました。「どうか泣かないで。必ず青い石を見つけだして、この国に帰ってくる。約束するから」そして、王さまはたった一人で、青い石を探す長い旅に――

20　まほろば物語

休日の速水家。納戸に硝子がやってくる。

硝子　お兄ちゃん、お客さん――（いない）あれ……お兄ちゃん？　どこ？

晶が奥から、顔を出す。

晶　ここ。
硝子　さっきから何探してんの？
晶　オモチャだよ、子供の頃に使ってたヤツ。たしかここいら辺りにしまったと思ったんだけど……おっかしいなぁ。
硝子　ねえ、それよりお客さんは？　……ちょっと……聞こえてる？

なおも探し続ける晶。ブリキのロボットなど、懐かしいオモチャを見つけては声を上げる。
そこへ、かんなが紙袋を提げて入ってくる。硝子に目配せ。晶は気づいてない。

かんな　速水せんせ！（体当たり）
晶　（飛ばされて）いってぇ～！　硝子、いつもより破壊力満点だな――（見て）ハッ！
かんな　（にらむ）どうも……破壊力満点のかんなさんです。
晶　（引きつり笑い）い……いらっしゃい。
硝子　今日はあの二人は一緒じゃないいんですね。銀次さんと足尾さん？
かんな　なんか同じ会社で働くことになったみたいで、二人揃って研修だって。
硝子　へぇ！　仲いいんですね♪　全然タイプ違うのに。
晶　ああいうのを「でこぼこコンビ」って言うんだろうな。
かんな　「でこぼこコンビ」ねえ……。（鼻で笑う）
晶　なんですか？　その、意味ありげな笑いは……。
かんな　いや、あんまり大きな声じゃ――
硝子　え？　なになに？
晶　……教えて下さいよ。気になるじゃないですか。
かんな　……じゃあ――（晶に耳打ち）

晶の顔色が変わる。

晶　えぇぇっ！（ムチャクチャ驚く）

硝子　え？　……何？

晶　ま……マジですか？　……あの二人が？

硝子　ねえ、何よ！

かんな　（うなずく）間違いありません。この目で現場を見ましたから……。（得意気）そりゃもう、スゴイの何のって、組《く》んずほぐれつ、アッハンウッフン――

晶　あ～っ！（大声を出す）硝子はダメだ！　耳ふさいでろ！

硝子　教えてくれたっていいでしょ！

晶と硝子がモメている。硝子をムリヤリ部屋から追い出す晶。

硝子　何よ、ケチっ！　ふんっ！（去る）

晶　焦ったぁ～。（かんなに）……で？　電話で言ってた奇妙なコトって？

かんな　あ、そうだ……忘れてた。じつは先週、あの二人ともう一回あの場所に行ってみたんです、ピクニックがてら。

晶　……どうでした？

かんな　それが……いくら探しても工場らしい建物なんかどこにもなくて――

晶　えっ……ない？

かんな　（うなずく）近所の人に聞いたら、五〇年ぐらい前に古い工場が取り壊されたっきり、ずっと空き地になってるハズだって。

硝子が電話の子機を握って戻ってくる。

硝子　お兄ちゃん、電話。……また片山さんから。「携帯にかけても繋がらない」って、困ってるわよ。

晶　（小声で）いないって言っといてくれよ。

硝子　またぁ？　いい加減に依頼受けてあげればいいじゃない。

晶　そのまえにやっときたいコトができたんだ。それが終わるまでは、中途半端な約束できないだろ？

硝子　だったらコソコソ逃げ回ってないで、自分で断ればいいでしょ。自分で！

晶　（ため息）わかったよ。

晶がイヤそうに子機を受け取る。

晶　お電話変わりました。——あ、片山さん。——次回作ですよね。——いや、実はですね——

晶が部屋の隅で電話をかけている。その後ろ姿を見送るかんなと硝子。

かんな　書かないの？　……新作。

硝子　（うなずく）その前に、どうしても作りたいモノがあるらしくて。
かんな　作りたいモノ？
硝子　絵本。
かんな　あ……。もしかして「さびしい王さまの話」？
硝子　あの絵本を完成させるんだって、いつになく張り切っちゃって。物語にはやっぱり結末が必要だからって……。
かんな　そう。
硝子　この頃のお兄ちゃん、何となくお父さんに似てきた気がするんですよね。
かんな　どんな風に？
硝子　うーん、何となく。ただ……あの時、私を必死に守ろうとするお兄ちゃんの背中を見て思ったんです。「誰かを守る」ってきっとこういうコトなんじゃないかって。父は、私たち家族を自分の背後にかばいながら、必死に何かと戦ってたんじゃないかって……。
かんな　……そっか。だから二人とも、お父さんの背中しか覚えてないって――（うなずく）そうよ……きっとそう！

かんなと硝子が笑い合う。晶が戻ってくる。

晶　何がそうだって？（子機を手渡す）
硝子　別に……。最近、お兄ちゃんがお父さんに似てきたって話。

晶　はぁ？（舌打ちして）……イヤなこと言うなよ。
硝子　さぁてとっ！　お茶の準備でもしますか！

硝子が去る。

かんな　どんな結末になるんですか？
晶　え？
かんな　絵本……お父さんの。
晶　ああ……まだ細かいトコまで固まってないんで――
かんな　ちょっとだけでも――（手を合わせる）
晶　あらすじだけですよ。
かんな　（うなずく）
晶　（咳払い）えーっと、青い石を探す旅に出た王さまは、いろんな土地を何年も何年も探し回りましたが、どうしても青い石を見つけることができずにいました。そんなある日、王さまは見慣れない景色の場所にたどり着くんです。
かんな　見慣れない景色？
晶　海です。王さまがたどり着いたのは、どこまでも広がる真っ青な海だったんです。

うち寄せる波の音が聞こえてくる。

晶　それは、王さまが生まれて初めて目にする海でした。そこで王さまはようやく気づきます。青い石なんか見つからなくたって、自分の願いはとっくの昔に叶っていたんだと。自分は初めからずっと、この真っ青な海をたたえた、大きな大きな青い石の上に立っていたんだと……。

別の場所。銀次が作業着姿でやってくる。そこへ、同じく作業着姿の足尾が駆け込んでくる。手には、ピンク色の封筒と細長い箱。

銀次が箱を開けると、ネクタイが入っている。娘から足尾へのプレゼント。

足尾が泣いている。銀次、もらい泣き。誰かに呼ばれたのか、二人が振り返る。

廊下から硝子の声が響く。

硝子　お兄ちゃん！　お茶入ったわよ！　……かんなさんも。

晶　分かったよ。

かんな　はーい！

かんなが去る。

足尾と銀次が奥を見る。

足尾　（誰かに向かって）はい！　今行きます。
銀次　ったく、初日からこき使いやがる……。

足尾が去る。
銀次と晶が立ち止まる。二人同時に遠くを見つめる。視線の先には、あの廃工場。
廃工場の鉄扉を固く閉ざしていたかんぬきがゆっくりとはずれる。
鉄の扉がゆっくりと開き、その向こうにあの少年が立っている。
少年が懐かしそうに工場の中を見渡し、木箱に腰かけ、絵本を読み始める。

少年　長い長い旅の果てに、王さまはようやく気づいたのです。この青い星に生まれて、いろんな人たちと出会い、その中で味わってきた喜びや悲しみ、そして苦しみまでもが、自分にとってのかけがえのない宝物だったんだと……。

少年の背後に黒い四つの影が忍び寄る。いつの間にか、晶と銀次は消えている。

少年　王さまは国に残してきた家来たちを思い出していました。「今頃みんなはどうしているだろう。ボクをまだ覚えてくれているだろうか。ずっと帰らなかったボクを許してくれるだろうか」

少年が気配に気づいて顔をあげる。黒いマントの四人が少年を見つける。

その目に射すくめられて、身動きができない少年。
四人がジリジリと少年に近づき、そのうちの一人が突然両手を広げる。少年が目を閉じる。
次の瞬間、コハクが少年を力いっぱい抱きしめている。残りの三人がフードを取る。
その目には、いっぱいの涙が溢れている。

晶の声が聞こえてくる。

晶　ボクの父は悪人だった。その考えは今でも変わっていない……。勝つためには手段を選ばない冷徹な会社経営者。でも、その父を彼らは「最高の王さま」だと言った。神さまが自分たちにくれた宝物だと……。そんな風にボクもいつか誰かを愛せるだろうか。かつて父が、どことなくコハクに似た、ボクの母を見つけたように……。たとえ自分を汚しても、命をかけて守りたいと思えるモノに出会えるんだろうか……。

コハクたちが自転車の車輪などのガラクタを組み合わせて、何かを作っている。
それはいつの間にか、一隻《いっせき》の帆船に変わる。波の音が大きくなる。

スズ　坊っちゃん！　これからどこに行きます？
少年　そうだなぁ……。ねえ、コハク。どこがいいと思う？
コハク　そうですねぇ。あの水平線の遙か彼方には、誰も見たことのない新大陸があるかもしれま

せんよ。

少年　新大陸かぁ。よーし。（自転車の車輪を舵のように回す）新大陸に向けて、取り舵いっぱーい！　ヨーソロー！

四人　ヨーソロー！

船出の時。ボロボロの帆船が、潮風を受けて大海原へと漕ぎ出す。
甲板には五つの魂が乗っている。その瞳は、青い海の色をそのまま映し、まるで青い石のように美しく輝いている。
自分の人生をひたむきに生き抜いた少年と、彼をひたすら待ち続けた石ころたち。
彼らを乗せた船が、新しい未来に向けて帆をいっぱいに広げ、大海原をすべっていく。
真っ青な海を切り裂くように、どこまでもどこまでも走っていく。

――幕――

永遠　—えいえん—

登場人物

正助（カメラマン）
ユリ（教師）
あゆみ（女子高生）

ホクト
オトメ
カシオ
ミナミ

タケコ（武器商人）

黒崎（賞金稼ぎ）

赤峰（政府役人）
桃山（赤峰の部下）
白木（赤峰の部下）

青柳（科学者）
子供たち

1　記憶の遺跡

どこからか流れてくる「花いちもんめ」の歌声。石造りのひんやりとした建物の中。全員がお揃いの白いフード付きコートを着た4人の子供たちが楽しそうに遊んでいる。そこへ、白衣を着た男がやってくる。

男　あまり奥まで行くんじゃないぞ。整備し終わってない場所があって危ないからな。
子供3　……お父さん。ボクたち、ホントに今日からここに住むの？
男　どうして？
子供3　（客席を指さして）ほら、イスみたいなのが全部こっち向いてる。なんか怖いよ。
男　（笑って）怖いことないだろう？　カシオは男の子なんだから。
子供2　カシオは弱虫だもん。よーわーむーし！
子供3　うるさいなぁ。あっち行けよ！
子供2　だってねぇ、お父さん。カシオは夜に一人でおしっこにも行けないんだよ。
子供3　オトメ、うるさい！　あっち行けってば！（泣きそう）
男　こら、ケンカはやめなさい。オトメもそうやって人をからかうもんじゃない。

子供3　ほらみろ！　怒られた。おかめ！
子供2　おかめじゃない！　オ・ト・メ！（殴りかかろうとする）
男　こら！　よしなさい！（ため息をついて）まったく……どうしてミナミみたいにいい子にできないんだ？
子供2　だって、ミナミはバカだモン！　なにがあったって、いつもヘラヘラ笑ってるだけじゃない！
男　オトメ！
子供2　（プイッとすねる）ふーんだ！

そこへ、別の一人が戻ってくる。

子供1　お父さん。
男　ホクト……どうした？
子供1　……向こうの部屋にだれかいるよ。
男　え？
子供2　だれ？　……お父さんのお客さん？
子供1　でも、消えちゃった。ホクトが見てたら、スーッていなくなっちゃった。
男　消えた？
子供2　もしかして……オバケ？

子供3　いやだ！　オバケいやだぁ！（耳をふさいでしゃがみ込む）
子供2　ほーら、やっぱり弱虫！（嬉しそうに飛び跳ねる）
男　ああ、そうか。……わかったぞ。
子供1　なに？
男　きっとそれは「記憶」だな。ホクトはこの遺跡に残る「記憶のかけら」を見たんだ。
子供1　きおくのかけら？

子供たちが不思議そうに男を見る。

男　ここは「記憶の遺跡」と呼ばれててな、おまえたちや父さんが生まれるずーっと昔は、「映画館」として使われていたんだ。
子供2　「えいがかん」ってなに？
子供1　大勢の人たちが集まって、機械で映し出されたいろんな物語を見る場所。そこでは世界のどんなものも、まるで本物のように、目の前の大きな布に映し出される。……でしょ？
男　（うなずいて）そのとおり。
子供3　なんでホクトが知ってるんだよ。
子供1　ずっと前に、お父さんから聞いた。
子供2　なんでも目の前に出てくるの？　じゃあ、ごはんも？　おなかいっぱい食べれる？
男　（笑って）それはムリだな。光で作り出されたまぼろしだから。目の前にあっても触れることはできない。

子供2　なんだ……つまんないの。

男　でも昔の人にとっては大切な娯楽だったんだ。そのまぼろしの世界をながめては、声をあげて笑ったり、時には涙したり……。隣に知らない人が座っていても、その時だけは、みんなで同じ時間を共有していたんだな。

子供2　ふーん。

男　そして、長い長い月日が流れ、映画という文化が過去の遺物になってしまってからも、この建物はここにこうして立ち続けている。もしかしたら……ホクトが見た人影は、この遺跡が見ていた夢だったのかもしれないな。

子供1　夢？

男　いなくなってしまった大好きな人たちを思いだしてるんだよ、長い長い眠りの中で。

子供1　……建物が夢なんか見るの？

男　さあ、どうだろうな……。でも、もしそうだったらステキじゃないか？

子供1　うーん。（考えている）

子供2　でもさ……なんか……少し寂しいね。

オトメの言葉に黙り込む二人。

いつの間にか、人影が立っている。逆光でよく見えないが、男っぽいシルエット。建物の中を見渡している。だが、みんなには見えていない。

子供3　お父さん。ミナミが眠っちゃったよ。
男　（笑って近づきながら）長旅で疲れたかな。ほらミナミ、起きなさい。風邪ひくぞ。
子供4　うぅ～ん。（グズっている）
子供1　お父さん。……ねえ！　お父さん！
男　今度はなんだ？
子供1　（天井を指さして）この音……。
男　え？

気が付くと、雨の音が聞こえている。

子供3　雨だ！
子供2　やったぁ～！　久しぶりの雨だぁ～！
男　（ハッと気づき）しまったぁ！　荷物がまだ荷台だったんだ！
子供1　ええーっ？　！
男　カシオ、手を貸してくれ。
子供3　う……うん！

男とカシオが慌てて表に出ていく。

子供1　ミナミ、起きて！　ミナミ！

ミナミと呼ばれた子供がモジモジしながら起き出す。

子供1　オトメ！　ミナミを奥に連れてって！　それから、タンクに雨水を溜めるの。今度いつ降るか分からないから。

子供2　うん！（ミナミに）ほら、ミナミ。行くよ！

オトメ、ミナミをムリヤリ引っ張って連れていく。

ホクトが外に行こうとして、ふと立ち止まる。人影に気づき、暗がりをジッと見つめる。

急に雨足が強くなる。表から悲鳴が聞こえる。ホクトが我に返り、表のほうへ駆けて行く。

2　古い映画館

現代。古びた映画館の中。一人の男が立っている。彼の名は、木戸正助。フリーのカメラマンである。写真を撮ろうとするが、突然のカミナリに手を止める。

そこへ、二人の女が入ってくる。一人は、ブレザー姿の女子高生。彼女の名前は、西野あゆみ。プチ家出中なのか、派手なボストンバッグを抱えている。もう一人は、あゆみの担任、一ノ瀬ユリ。お堅い先生といった風貌。

あゆみ　ああ、もう。最悪～！　……急に降ってくんだもん。

ユリ　（ハァハァ言いながら）西野さん……大丈夫？

あゆみ　先生こそ、息上がってるし。年なんだからあんまムリしないほうがいいよ。

ユリ　私はまだ二十代です！

あゆみ　……すぐムキになる。

ユリ　（ため息）そんなことより、とにかく帰りましょう。ご両親も心配なさってるわ。

あゆみ　もぉ～、ほっといてよぉ。

ユリ　ほっとけません！

あゆみ　……うっざいなぁ、もう。担任だからって、偉そうに説教しないでよ。アタシもう子供じゃないんだから。
ユリ　子供じゃないから心配なの！　女の子が制服で町を一人歩きなんて、狙ってくださいって言ってるような――（正助に気づく）……だれ？

あゆみが振り返る。正助がペコリと頭を下げる。

ユリ　あなた……ここで何してるんですか？
正助　いや、何って……写真撮ってたんですけど。
ユリ　カメラ……マン？
あゆみ　へぇ～。カメラマンだって。なんかカッコイイじゃん。

あゆみが正助の腕に、自分の腕を絡ませる。

ユリ　西野さん！
あゆみ　アタシ、西野あゆみ。友達には「あゆ」って呼ばれてんだ。
正助　あゆぅ？（異議あり）
あゆみ　（胸ぐらを摑んで）なに？
正助　いえ……とくに深い意味は。

あゆみ　ねえ、アタシのコト撮ってよ。
正助　いや……もう、人は撮らないことにしてるから。
あゆみ　えー！　なんでぇ？　ケチ。
ユリ　離れなさい！

ユリが二人を引き離す。

ユリ　さあ……帰るわよ。
あゆみ　しつこいなぁ！　だから、アタシは大学なんか行かないってば！
ユリ　あなたの気持ちは分かったわ。分かったから、それも含めてちゃんと話し合いましょ、受験までまだ時間はあるんだから。ね？
あゆみ　……。（ふくれている）
ユリ　私ね、もしあなたが何かに悩んでるんだったら、ちゃんと聞いてあげたいの。あなたはホントは出来る子なんだから……。こんな風に将来を捨てるなんてもったいないと思わない？

正助が吹き出す。ユリが気づく。

ユリ　何がおかしいんですか？
正助　い、いや——

ユリ　今笑ったでしょう？　言いたいことがあるなら――
あゆみ　ねえ、ここってもしかして……映画館？
正助　ああ。使われなくなって結構経つんじゃないかな。これでも昔は結構入ってたらしいけど。
あゆみ　それがなんで？
正助　時代だよ。昔ならともかく、今はこういう「心ゆくまで夢の世界をお楽しみください」って感じの生真面目さが、時代遅れでうっとうしいんだろうな。
ユリ　……時代遅れ。（胸を押さえる）
正助　不景気で買い手もつかないらしいよ。で、ごらんのとおりの廃墟。
ユリ　……買い手がつかない。（よろめく）
あゆみ　先生、何やってんの？
ユリ　え……別に。
あゆみ　あっ！　気分悪いんなら、ちょっと休んでたら？
ユリ　いいえ！　早くあなたを送り届けないと……。
正助　この雨の中を？

外で激しく雨が降る音が聞こえる。

あゆみ　えぇ～！　ずぶ濡れになっちゃうじゃん。
ユリ　（あゆみの手を引く）表でタクシー拾えば大丈夫――

激しい雷鳴がとどろく。ユリとあゆみがビクッと凍り付く。

あゆみ　……ホントに行かなきゃダメ？　もう少しやむまで待ってようよぉ。

ユリ　……で、でも……。（正助を見る）

正助　ボクだったら、気にしなくていいですよ。勝手に仕事進めてますから。

あゆみ　だってさ。

ユリ　（ため息）……やむまでよ。やんだらすぐに出て行きますからね。

あゆみ　やったぁ～！　ピクニック、ピクニック～！

あゆみがバッグを開けて、菓子パンを取り出す。それを口にしながら、ファッション雑誌をめくって読み始める。

ユリ　よくこんなトコでくつろげるわね……。

正助　大変みたいですね、いろいろと。

ユリ　もう慣れました。

二人が顔を見合わせて笑う。

ユリ　そうだ……自己紹介がまだでしたね。（立ち上がって）私、一ノ瀬です。一ノ瀬ユリ。高校の教師をしてます。
正助　ボクは木戸正助。今は、こういった古い建物とか風景の写真を撮ってます。
ユリ　じゃあ以前は何を？　あっ、モデルさんとか？
正助　いえ、地獄を。
ユリ　地獄？
正助　戦場に行ってました。これでも数ヶ月前までは、戦争カメラマンだったんです。
ユリ　……へえ。

ユリが気づくと、あゆみがいつの間にか眠っている。ユリがため息をついて、あゆみに近づき、雑誌をそっと手から外す。そして、そのままあゆみのそばに座り込むユリ。
正助が何枚か写真を撮っていると、遠くで鉄橋を列車が通過するような音がかすかに聞こえてくる。それが、やがて空爆の音にゆっくりと変わっていく。獲物を狙う鷹のように戦闘機が空を行き交い、建物が爆撃で吹き飛ぶ音や激しい銃撃戦の音。

3　終わりの夢

正助が静かに語りはじめる。

正助　遅かれ早かれ、世界は破滅を迎えるだろう。あの戦場で、ボクがそう確信するまでに、そう時間はかからなかった。あの町には、自由もモラルも何一つ存在せず、あるのはただ、せまりくる死への恐怖とやり場のない怒りだけ……。男たちが声高にそれぞれの正義を叫ぶたびに、そのかたわらでは多くの女や子供たちが死んでいく。そして、その惨状の中でボクは確信したのだ……やがて来る世界の終わりを。そしてその証拠に、その頃からボクは、毎晩同じ夢を見るようになった。

ゆっくりと軍服姿の男がやってくる。男の名は、黒崎。あたりをゆっくりと見回し、腕についた無線機で何かをしゃべっている。

正助　ガスマスクで身を固めた人々が、廃墟の中に転がる無数の死体を処理していく。ラジオからとぎれとぎれに流れるニュースによれば、東アジアを中心に発生した新型ウィルスは——

黒崎の声が正助のそれに重なっていく。

黒崎　東アジアを中心に発生した新型ウィルスは、まさに爆発的に、南極を除くすべての大陸に広まっていった。見えない驚異のまえでは、軍隊でさえ何の力も持たず、年寄りや女子供といった弱い者たちが次々に死んでいくのを、男たちはただ黙って見ているしかなかった。そして、ウィルス発生からわずか半年で、人類の7割が死滅。皮肉なことに、あれだけ世界を蹂躙してきた人類の急激な減少は、地球規模での生態系の歪みを生み、さらにその歪みは、各地で異常気象や砂漠化を引き起こした。そして、わずかに残された人々のやり場のない怒りと哀しみは、そのまま秩序の崩壊となって、世界を飲み込んでいった……。あの日……あの悪夢が始まった日から十三年。依然、世界は滅びの真っ只中にいる。

二人の声が重なる。

二人　我々はあなたがたに警告する。世界は今、滅亡へと向かっている。だが愚かなことに、この危機的状況の中でさえ、あなたたちは決して手を取り合おうとはしないだろう。しかし、それでも我々は繰り返し警告する。これからあなたがたが目にする光景は夢ではない。やがて来たるべき未来の……真実の物語なのだ。

正助がゆっくりとその場に崩れ落ちる。

センターの扉がゆっくりと開き、その奥の暗がりには大勢の人影が見える。そのすべてが防毒マスクをかぶっている。

背中に消毒液入りのタンクを背負っている者もいれば、銃を携帯している者もいる。動きには覇気がなく、義務的に淡々と作業を進めている。

床に転がる人間に近づき、その生死を確かめる。そして、仲間にむかって首を振る。

そんな絶望的な光景のなか、白いフード付きコートを着た4つのシルエットが浮かぶ。

4人とも後ろを向いてしゃがんでいるが、次々にコートを脱ぎ捨て、歩き始める。

一人の名は、ホクト。赤い薄手のコートを羽織っている。

たった一人の男の名は、カシオ。黄色いシャツを着て、迷彩柄のパンツ。

おてんばそうな女の子は、オトメ。青いキュロットをはいてベレー帽をかぶっている。

最後の一人は、ミナミ。ピンクのスカートをはき、ボロボロのうさぎ（?）のぬいぐるみを抱いている。

その全員が無表情で、まるで幻のように舞台上を漂い、やがて闇の中へ消えていく。

4　迷子

どこか古い建物の中。明らかに現代とは違う乾いた空気が漂っている。かなり老朽化した空間に三人（正助・ユリ・あゆみ）が横たわっている。最初に、正助が目を覚ます。

正助　（腕時計を見て）……止まってる。……やんだみたいだな。（いなくなる）

そこへ、一人の少女がやってくる。彼女の名は、ミナミ。あゆみのバッグに気づき、食べかけの菓子パンを見つけると、おいしそうに食べ始める。
その匂いに鼻をヒクヒクさせながら目覚めるあゆみ。ミナミが自分のパンを食べているのを見て、絶叫！　その声にユリが飛び起きる。

あゆみ　あゆの菓子パン！（ミナミから奪い取る）なにすんだよ、ドロボー！
ミナミ　（キョトンとして）……。
ユリ　……どうしたの？
あゆみ　こいつが、アタシのパンを勝手に……。（泣きそう）

ミナミ　（あゆみの顔を見て楽しそうに笑う）
あゆみ　何がおかしいんだよ！
ユリ　あなた、どこの子？　……おうちは？
ミナミ　……。（ニコニコしている）
ユリ　じゃあ、おなまえは？
ミナミ　（反応無し）……。
あゆみ　何とか言いなよ！
ユリ　怒鳴っちゃダメよ。（困ったように）いつの間に入り込んだのかしら。

そこへ、正助がバタバタ戻ってくる。まるで、オバケでも見たような表情。

ユリ　（振り返り）あ、おはようございます。なんか眠っちゃったみたいですね、私たち。あ……
　雨、上がりました？
正助　（答えない）……。
ユリ　木戸さん？
正助　え？　ああ……先生。
ユリ　どうかしたんですか？
正助　いえ——
ユリ　そうだ。この子、どこの子か分かります？　迷い込んで来ちゃったみたいで……。

あゆみ　迷子は警察に任しとけば？　雨もやんだみたいだし、アタシはそろそろ出るからさ。
ユリ　どこ行くつもり？
あゆみ　友達んトコ。泊めてもらうんだ。
ユリ　一緒に帰る約束でしょ？
あゆみ　先生はその迷子をなんとかしてあげたら？　教育者なんだからさ。
ユリ　西野さん！
正助　迷子なのは……迷子なのは、その子だけじゃないみたいですよ。
ユリ　え？

その隙に、あゆみがスタスタとロビーに消える。慌てて追いかけるユリ。

ユリ　ちょっと……待ちなさい！　……あー、もう！（いなくなる）

正助が段に座ってボーっとミナミを見ている。ミナミは、ぬいぐるみで遊んでいる。
ロビーの方から、あゆみとユリの叫び声が聞こえてくる。駆け込んでくる二人。

あゆみ　ちょっと、なんなのよぉ！　どうなってんの？　先生。これってどういうこと？　ねえ！
ユリ　お、落ち着きなさい。女の子がみっともなく取り乱すものじゃないわ。
あゆみ　落ち着いてなんていられないよ！　先生も見たでしょ？　そとの景色！

ユリ　（自分自身を落ち着かせながら）ちょ、ちょっと待って。こういうことはね、冷静に考えれば意外と簡単に答えが出るものなのよ。
あゆみ　じゃあ、外のあれは何？　斜め前にあったゲーセンどこに行ったの？
ユリ　それは……ほら、あれよ！　急に移転したのかもしれないわ。そうよ。きっとそうだわ！（ほとんどムリヤリ）
あゆみ　たった一晩で？　建物自体、あとかたもないじゃん！
ユリ　不景気だからいろいろあるのねぇ、急を要することが……。
あゆみ　じゃあ、遠くに見えたあの砂漠みたいなのは？　……あれ？　日本に砂漠ってあったっけ？　え？　……ここって日本じゃないの？（パニック）
ユリ　（ハッとして）……まさか――
あゆみ　なに？　！
ユリ　寝ているあいだに……私たち、どこかの国に拉致されたんじゃ……。
あゆみ　拉致ぃ～？（ビックリして大声）
正助　あのぉ――

あゆみがヘタヘタと座り込む。

あゆみ　アタシのせいだ……。
ユリ　（あゆみを見る）

あゆみ　こんなことなら、家出なんてするんじゃなかった。先生、ごめんなさい。こんなことに巻き込んじゃってごめんなさい。（大泣き）

ユリ　なに言ってるの。そんな弱気じゃダメ。頑張りましょう……。いつか日本に帰れる日を夢見て、二人で助けあっていきましょう。

あゆみ　先生！

ユリ　西野さん！

抱き合う二人。

正助　盛り上がってる時に何なんですけど……これって、拉致なんかじゃありませんよ。

ユリ　え？

正助　なぜか昨日よりだいぶ古ぼけてるけど、ここは間違いなくあの映画館ですよ。ほら、客席だってあるし。

あゆみ　ホントだ。

ユリ　え？　じゃあ、そとの景色は？　……いつもの町並みはどこに行ったんですか？

正助　さあ……そこまでは。ただ、ここがボクらがいた時代ではないということしか。

ユリ　え？　え？　……それって、ひょっとして――

正助　（うなずく）それも……なぜかこの数日、毎晩夢で見ていた状況にそっくりなんですよね。

ユリ　夢で？

正助　だとしたら、人間なんかほとんど残ってないんじゃないかな。
ユリ　え？（ミナミを見る）
あゆみ　とにかくさぁ、ゆうべと同じ映画館だってことは、拉致られたんじゃないってことだよね。（ため息）よかったぁ〜。マジ、もうダメかと思った。
正助　その反対だよ。
あゆみ　へ？
正助　どっかの国に連れてこられたなら、どんな手段を使ってでも帰ればいい。でも、ここは昨日と同じ映画館でも、存在してる時代自体が全く違ってるんだ。
あゆみ　え……ってことは——
ユリ　どうやって帰ったらいいの？　私たち。

呆然とたたずむ三人。

5　帰還

突然、ミナミが顔を上げる。音楽が鳴り響き、三人の人物が次々と入ってくる。

一人目は、ホクト。赤いコートをひるがえしながら、颯爽と登場する。腰のホルスターに拳銃、手には古ぼけた刀を持っている。

二人目は、カシオ。大きな機関銃を軽々と担いで、力強い足取りで入ってくる。

三人目は、オトメ。青いベレー帽に、リュックを担ぎ、腰には拳銃を提げている。

正助・ユリ・あゆみは、何が起こったのか分からず唖然としている。

オトメ　たっだいまー！　ミナミ、いい子にしてた？

ミナミ　（嬉しそうに駆け寄る）……。

オトメ　そっかそっか、さすがに3日間ひとりぼっちは寂しかったよね。（頭をなでる）

カシオ　相手が結構手ごわくってさ。お宝ぶんどるのに苦労したんだぞ。

ホクト　でも、そのかわり……ほら。（リンゴを見せる）

オトメ　まだ、トラックにも食料いっぱいだから、これで当分はしのげるね。

ホクト　では、配給ー！

ホクトがリンゴを順々に配る。まず、ミナミ。それから正助・ユリ・あゆみの手に渡る。袋のリンゴが底をつく。

ホクト　あれ？

ホクトたちが黙って考え込む。そして、振り向きざまに、正助たちに銃を向ける。

三人　いつからそこにいたぁ！
あゆみ　はあ？
カシオ　いつからそこにいたって聞いてんだよ！
あゆみ　いつって……はじめっからいたじゃん。ずーっといたじゃん！
ホクト　ここは鍵がないと、外からも中からも開けられない。どうやって入り込んだの？
ユリ　それが、私たちもなんで自分がここにいるのか、さっぱり——（近づく）
カシオ　動くな！
ユリ　ひっ！（ビクッと足を止める）
オトメ　カシオぉ、出るときちゃんと鍵かけたの？
カシオ　当たり前だろ！
オトメ　どうする？　ホクト。……思い切ってサクサクっとやっちゃう？

ホクト　うーん。
カシオ　へ？　……や、やる？
正助　じゃないとあとあと面倒なことになるぞ。死体は砂漠に埋めればいいんだし。
あゆみ　はぁっ!?
正助　よくないよくない！（首をブンブン振る）
ホクト　うーん……いや！やっぱマズイわ。
ユリ　そうよ、暴力に頼るのは良くないわ。（力いっぱいうなずく）
ホクト　やるならミナミのいないトコで……。教育上良くないから。
正助　そっちかよ！
ユリ　黙って入ったことは謝るわ。だから、そんな危ないモノ下ろして――
カシオ　うるさい、コソ泥！
正助　こ、コソ泥……。
あゆみ　あーっ、もう！　バッカみたい！（スタスタ進み出る）
正助　（あゆみに）おい、やめろ！　ヘタに刺激するんじゃない！
ユリ　西野さん！
あゆみ　ねえ、二人ともいっちばん肝心なこと忘れてない？　ここは、日本なんだよ？　こいつらみたいに気軽に拳銃持ち歩けること自体、おかしいじゃん。
正助　だから言ってるだろ？　ここは――
あゆみ　あーあ、あほクサ。オモチャの拳銃ちらつかせて何が楽しいんだか。

オトメ　動くなって言ってるでしょ？
あゆみ　なに？　そのオモチャでアタシを撃つっての？　やりなよ。ほら。撃てるモンなら撃ってみろっつーの——

突然、ホクトの銃が火を吹き、あゆみの足元の石がはじけ飛ぶ。空気が止まる。

ホクト　さ、どこから始める？　いきなり、脳みそ吹っ飛ばしてあげてもいいんだけど。

あゆみが後ずさってヘナヘナと座り込む。ホクトがあゆみに狙いを定める。

正助　やめろ！

正助が立ちはだかり、ユリがあゆみを抱きしめる。
するとミナミが、座り込んでいるユリに近づき膝に抱きつく。ホクトたち、絶叫！

三人　（手を伸ばして）ミナミぃ〜！
ホクト　卑怯もの！
カシオ　ミナミを人質にするなんて、やり方きたねえぞ！
正助　え？　いや、人質とかそんなつもりは——

オトメ　ミナミかわいそう……。（顔を覆って泣く）
あゆみ　こいつがすすんでこっち来たんでしょ？　こっちこそ、このバカのせいでさっきから迷惑してんだから。ほら！　起きなさいよ、このバカ！　あっち行け、しっし！
ホクト　……うるさい……。
ユリ　え？
ホクト　バカバカうるさいんだよ！　このブタ！（キレて銃乱射）
カシオ　……始まった。
オトメ　あーあ、しーらない。ホクトがキレたら怖いんだから。
カシオ　間違いなく生きて出られないな。（オトメと目を見合わせてうなずく）
正助　うっそぉー……。（ガックリ膝をつく）
あゆみ　……い、今なんつった？　ブタ？　この美少女ギャルに向かって、ブタぁ？
ホクト　人んちに勝手に入り込んで、ミナミを人質にしたあげくバカ呼ばわり。マジでアッタマきた……アンタみたいな、身の程知らず……絶対にゆるさない。
あゆみ　それはこっちのセリフ。せいぜい吠えてろ、このオトコおんな！
ホクト　んだと？　こら。上等だテメエ。おもてに出ろ！
あゆみ　のぞむところよ！
正助　お嬢さん方……ちょっと品がなさすぎませんか？
ユリ　二人とも、大きな声出さないで。
二人　（同時に睨む）あ？

ユリ　ほら……。（ミナミを指さす）

気づくとユリの膝でミナミが気持ちよく眠っている。

あゆみ　早っ。しかも、この騒ぎの中でなんで眠れんの？
オトメ　ミナミ……なんで？
正助　……この子にはちゃんと分かってるからじゃないか？
カシオ　なにをだよ。
正助　オレたちが敵じゃないってことをさ。考えてもみろよ。現に君たちが帰ってくるまえ、ここにはボクら三人とこの子だけだった。もしホントにボクらが君たちの敵なら、今この子がこうして無事なはずないだろ？
ホクト　……あ……。（気づいた）
あゆみ　だから、言ったでしょ？　アンタらもっと頭使いなさいよ！　頭わる！
正助　（ボソッと）……オマエが言うなよ。

ホクトたちが黙り込む。あゆみのバッグを枕代わりに、ミナミの頭の下に敷くユリ。

あゆみ　ドロボウ扱いして、ごめんなさいは？　ほらぁ！
ユリ　もうそのくらいにしなさい。

あゆみ　だって先生――
ユリ　アナタだって自分の家に知らない人がいたら、ビックリするでしょ？（ホクトたちに）驚かせてホントにごめんなさいね。でも、けっして悪気があったわけじゃないの。これにはいろいろと事情があって――
あゆみ　（突然倒れる）……。
正助　な、なんだ？　今度はなんだ⁉
あゆみ　もうダメ……腹へって動けない。
正助　はぁ？
あゆみ　ねえ、先生……なんか食べ物ない？　このままだとあゆ死んじゃう。
ユリ　急に言われても――
正助　そういえばゆうべから何にも食べてなかったな。
ホクト　おなか減ってるの？
ユリ　ごめんね。いろいろバタバタしちゃって……。
あゆみ　死んじゃうよー！　おかあさーん。（バタバタ暴れる）
正助　あーっ、うるさい！
ユリ　どうします？
正助　うーん。
ホクト　カシオ、トラックから食料下ろして。オトメは食事の準備、急いで。
二人　え？

ホクト　……聞こえなかったの？　食事の準備。
オトメ　じゃあ——（カシオと目が合う）
あゆみ　え？　なに？　……なんか食わせてくれんの？　やったー！（飛び起きる）
ユリ　こら！　……もう、ホント現金なんだから。（ホクトに）あ、あの——
ホクト　礼ならミナミに言って。ミナミの味方はアタシたちにとってもお客さんだから。

楽しそうに食事の準備に取りかかる。正助が語り始める。

正助　これが、ボクらの出会いだった。この時点ではまだ、自分の身に起こった事より、空腹のほうがボクらには切実だったが、いざ食事が終わると、心の中はとたんに恐怖で満たされる。そして、その夜、寝床のなかでボクは真剣に祈った。
　明日の朝、目が覚めたらきっと見慣れた部屋のベッドのうえで、変わらない朝を迎えるのだ。身支度もそこそこに、いつもと同じ時間の同じ車両に乗り込む。そして、まわりの顔をながめながら「こいつらなにが楽しくて生きてるんだろう」と、心のなかでそっと軽蔑してみたりする。まるで、自分だけは意味のある人生を送ってるような顔をして……。

人影がゆっくりと現れる。白いフードをかぶり、楽しそうに花のタネを植える子供たちと、それを優しく見守る白衣の男。

正助　そんなことを思いながら、ボクはいつしか深い眠りに落ちていった。そして、また夢を見た。その世界はあいもかわらず絶望的な状況だったが、なぜかそこだけは日だまりのようにあたたかく、そして……悲しいほど幸せな風景だった。

正助が去る。幻のような光景も闇に消えてしまう。

6　賞金稼ぎ

どこか無機質な空間。どうやら何かの施設らしい。

一人の男がイライラしたように歩き回っている。彼の名は、赤峰。政府の一等書記官である。キザにスーツを着こなしている。

そこへ軍服の男女がやってくる。男の名は桃山。女の名は白木。ともに赤峰の部下である。

赤峰　どうだ？　ヤツらの足取りはつかめたか？
桃山　いえ、もう少し時間がかかりそうです。砂漠方面に消えたのは確かなんですが、タイヤ痕が見つからなくて。
赤峰　見つからない？　どういうことだ？
白木　もしかしたら砂嵐の発生のタイミングまで計算に入れていたのでは？
赤峰　こざかしい真似を……。
桃山　でも自分には信じられません。いくら夜とは言え、あの前線基地の倉庫がいとも簡単に破られるなんて……。
赤峰　どうせ警備のモンが居眠りでもしてたんだろ？

桃山　ですが足跡ひとつ残してないんですよ。
白木　なんか、ルパンとかキャッツアイみたい。……カッコイイ。（うっとり）
赤峰　バーカ！　憧れてどうする！
白木　……はい。（ふくれる）
赤峰　タダでさえ『パンドラ』の影響で砂漠化が進み、世界中の食料自給率が落ちているって時に、相次ぐ墓荒らしによる強奪騒ぎ。このままでは、政府の一等書記官としての私のメンツにかかわるんだぞ！　わかってんのか？　わかってんのかよぉ。（泣く）
桃山　（あわてて）ああ、分かったから、泣かない！
赤峰　（立ち直って）……まあいい。アイツらに大きな顔させとくのも、今回までだ。今度こそ、ねぐらを突き止めて、一網打尽にしてやる……。
白木　どうやって？
赤峰　金で雇ったんだよ。……スゴ腕の賞金稼ぎ、「メイト黒崎」をな！
謎の声　呼んだかい？　……このオレを。

するとト、突然口笛のようなメロディーが流れ、乾いた風が吹き始める。ゆっくりと一人の男のシルエットが浮かぶ。男の名は、黒崎。通称「メイト黒崎」と呼ばれる賞金稼ぎ。

黒崎　一陣の風が吹き抜けていく。このオレの胸にぽっかり空いた風穴を乾いた風が吹き抜けるたび、どういうわけかピューーピューーとさみしい音をたてやがる。おい、だれだ？　オレを呼ぶのは、どこのどいつだ？（フッと寂しげに笑って）そう風にたずねたところで、なにも答えちゃあくれない。なぜって？　そう、答えはつねに（キメる）……オレの中にあるんだからな！（……意味不明）

赤峰　きゃーっ！　カッコイイー！（掛け声）よっ！　メイト！　メイト黒崎！

桃山も一緒になって拍手。

黒崎　おいおい、よせよ。あまり大げさなのはキライなんだ。（あくまでニヒルに喜ぶ）

白木　しょっぱなから充分大げさです……。

黒崎　で？　肝心のヤツらの足取りは？

赤峰　それが、もう少しかかりそうなんだ。

黒崎　なんだと？　このオレを呼んどいて、まだつかめてないだ？（赤峰に）なめてんのか？

赤峰　ひぃ〜！　ご、ごめんなさい〜！（どつかれる）

桃山　書記官！（助け起こす）

すると、ドアをノックする音。白木がドアに向かい、何か連絡を受けている。
半ベソで桃山に助け起こされる赤峰。

黒崎　（鼻で笑う）腰抜けのおぼっちゃん根性は相変わらずだな、赤峰。

赤峰　……。
桃山　え？　お知り合いなんですか？
黒崎　同期だ、むかし軍隊でな。
桃山　軍隊？（赤峰を見る）書記官が？
赤峰　悪いかよ！
桃山　……いえ。
黒崎　まあ、その頃から政府高官だった父親の威光を笠に着たイヤミな野郎だったがな。
桃山　（納得のうなずき）……。あー。
赤峰　納得するな、モモ！
桃山　桃山です。
赤峰　うるさい！

赤峰が桃山に詰め寄る。ゴチャゴチャもめているところに白木が戻ってくる。

白木　書記官！　分かりました。ヤツらの居所を突き止めました。
赤峰　ど、どこだ！
白木　砂漠の北東2時の方向約4キロ地点です。
黒崎　砂漠から4キロ？　意外と近いな。どうして今まで見つけられなかったんだ？
白木　地元の人間は「記憶の遺跡」と呼び、長い間だれも近寄らなかったそうです。なんでも、出るらしくて。

赤峰　出る？　……なにが。

白木　（手を胸の前にぶら下げて）これです、オバケ。（へっちゃら）

赤峰　え……オバケ？（ビビって桃山の袖をつかむ）

桃山　……。

黒崎　（不敵に笑う）……お化け屋敷か。ウマい隠れ家を見つけたもんだ。

赤峰　よ、よし！　早速出動だ。行くぞ！　モモ、白木！

桃山　……桃山です。

赤峰　（聞いてない）オバケがなんだ！

白木　おーっ！（元気）

黒崎　ついてくるのか？

赤峰　当たり前だ。私には作戦の結果を政府に報告する義務があるんでね。

黒崎　……勝手にしろ。ただし、足手まといにはなるなよ。（出ていく）

桃山　！（ムッとする）

赤峰　（ギッと睨む）なにぃ？（プクっとふくれて）信用ないなぁ、もう！

黒崎のあとを赤峰・白木が追う。桃山がため息をついてあとに続く。

7　あゆみ

夜。みんなが寝静まった記憶の遺跡の屋上。あゆみが一人でやってくる。つまらなそうに星空を見上げると、おなかが鳴る。そこへ、ホクトがやってくる。

ホクト　（あゆみに気づき）ドラーえもーん。
あゆみ　誰が！
ホクト　なんか元気ないね。あれ？　もしかして、顔に似合わず「枕が変わると眠れないの。」とか言うんじゃないよね。やめてよ、気持ち悪いから。
あゆみ　（ムッとする）アンタねぇ――
ホクト　（目の前にリンゴを差し出す）はい。
あゆみ　え？
ホクト　どうせさっきのじゃ足りなかったんでしょ？　……はい。（渡す）
あゆみ　あ……ありがと。
ホクト　いいのいいの。その図体にしては、量が少なかった気がしてたし……。
あゆみ　（ムカっ）アンタこそ、一口も食べてなかったじゃん！　それに、カシオとオトメとかって二人も――（ハッとして）あれ？　もしかして、アタシらに譲っちゃったから？

ホクト　（笑って）違うよぉ。アタシたちは別でちゃんと食べてるから。

あゆみ　……ホントに？

ホクト　食べないの？　だったら、アタシが――

ホクトがリンゴを取ろうとすると、慌ててあゆみがかぶりつく。ホクトが笑う。

ホクト　おいしい？

あゆみ　（うなずく）

ホクト　……よかった。

あゆみがぽつりぽつりと話し始める。いつの間にか、ユリが物陰から聞いている。

あゆみ　アンタらさ、いっつもあんなに大騒ぎして食べてんの？

ホクト　うん。

あゆみ　ふーん。……アタシのパパはさぁ、いわゆるエリートサラリーマンってヤツで、毎日忙しくて、一緒に家族そろってごはん食べた記憶がないんだ。それでも、ママは「パパはエリートだから仕方がないの。忙しいってことはそれだけで名誉なことなのよ。」ってそればっか。だから、アタシもずいぶん勉強させられた。必死に勉強して私立の中学に入ったんだ。そこではステキなことが待ってるって信じて。
ホクト　あった？　ステキなこと。
あゆみ　（首を振る）これといって……。で、気を取り直して、今度はさらに上のランクの私立高校を狙って、見事合格。
ホクト　へえ。（感心）
あゆみ　でも、やっと高校入ったって面白いことなんか何もなくて、あっという間に大学受験。（笑って）……なんかバカみたい。
ホクト　え？
あゆみ　親の望むようにいい大学行っても、きっとまた何もないんだよ。でもさ、そうやって毎日毎日まわりからはずれないように神経使って、行くトコまで行って、それでも何もなかったら？……だれが責任取ってくれるの？　だれがアタシの時間返してくれるの？
ホクト　……。
あゆみ　そう思ったら、なんかどうでもよくなっちゃった。いっそ、死んじゃったほうが楽かもなぁ～って――
ホクト　（ポツリと呟く）そうでもないよ。
あゆみ　え？
ホクト　ほら。だって、あのパンドラが世界中に広まってからは、この星は死んじゃったようなものだもん。砂漠のせいで食べ物も全然育たなくて、みんな生きるのがやっとだし……。
あゆみ　ぱんどら？

ホクト　え？　知らないの？　パンドラ。
あゆみ　（うなずく）
ホクト　へえ……そんな国もあるんだ。まあ、ちゃんと学校行けるぐらいだもんね。パンドラって言うのは、今から十何年か前に発生した新型ウィルスの名前。アタシたちがこの遺跡に移り住んだのも、パンドラから少しでも逃れる為だったんだ。
あゆみ　遺跡？
ホクト　ここいらじゃ、人が住まなくなった建物を「遺跡」って呼ぶの。人間が使わなくなれば、どんな建物もあっという間にさびれちゃうでしょ？　人間が暮らしてた痕跡だけ刻みつけて、虚しく風に吹かれてるただのお墓……。
あゆみ　じゃあ、あの砂漠もそのパンドラのせい？
ホクト　うん。まあ、それぱっかりじゃないけど……。
あゆみ　じゃあ、昼間ってスッゴク暑いんじゃない？　紫外線とか大丈夫なわけ？
ホクト　どうかな。アタシたちは夜から朝にかけてしか、動かないから……。昼間は、日の入らない遺跡の中にいるし……。
あゆみ　……ふーん。

8　侵入者

突然、けたたましい爆発音が鳴り響く。ホクトたちの足元が大きく揺れる。

ユリ　きゃあ！
あゆみ　（ユリに気づき）先生！
ユリ　な、なにが起こったの？
ホクト　分からない。……（駆け出して）ミナミ！
あゆみ　ちょっ……ちょっと待ってよぉ！

ホクトとあゆみが走り去る。ユリもあとを追う。
遺跡の内部。慌てて正助が駆け込んでくる。カシオもあとからやってくる。

正助　なんだよっ、あの音は！
カシオ　正助さん！
正助　何があったんだ？

カシオ　侵入者だよ！　だれかがこの遺跡に入り込みやがったんだ！
正助　ほかの人たちは？
カシオ　ミナミはオトメが呼びに行ってるけど、ほかはまだ――
オトメ　（駆け込んでくる）カシオ！
カシオ　あれ？　ミナミは？
オトメ　それが……どこ捜してもいなくって――
カシオ　いない？
オトメ　ベッドにもトイレにもいないいんだモン！　どうしよう！（パニック）
正助　落ち着け！　もう一度、ちゃんと手分けして捜すんだ。無事見つかるから。
カシオ　（うなずく）わかった！
黒崎　そいつは、あいにくだったなぁ！

三人が振り返ると黒崎が立っている。かたわらにはミナミ。銃を突きつけられている。

オトメ　ミナミ！
黒崎　慌てるな、殺しゃしねえよ。そっちがおとなしくしてるうちはな。
カシオ　……ミナミを返せ。
黒崎　黙ってお縄になってくれるか？
カシオ　お縄？

正助　アンタ……一体だれなんだ？
黒崎　人呼んで、メイト黒崎。オマエら墓荒らしどもの首を取りに来た賞金稼ぎだよ。

そこへ、赤峰と桃山・白木がフラフラでやってくる。ヒィヒィ言っている3人。

黒崎　遅かったな。
赤峰　お、オマエが仕掛けた爆弾のせいで危うく死にかけたんだぞぉ！
黒崎　足手まといになるなと言ったろう？
赤峰　もっとスマートなやり方はなかったのか？　スマートなやり方はぁ！
黒崎　甘えるな、弱いヤツは消えていくだけだ。パンドラで思い知ったハズだろ？

あゆみとユリが駆け込んでくる。

ユリ　みんな！　なにがあったの？
オトメ　先生！（泣きつく）
赤峰　……おやおや、アナタのような女性が墓荒らしの一味とはね、世も末だ。
カシオ　オマエこそ、人んちに土足で押し入ってミナミを人質にとってる悪党じゃないか！
赤峰　黙れ！　このわたしを誰だと心得る。（水戸黄門風に）畏れ多くも政府より墓荒らし追討の命を受けた、赤峰一等書記官なるぞ！（目で桃山に合図）

桃山　（イヤイヤ印籠を出す）頭がたかーい。控えおろう。（棒よみ）
全員　……。
オトメ　ふーんだ！　それがどうしたのよ！　アタシたちのお父さんだって、青柳博士っていう、偉い学者さんだったんだから！
黒崎　青柳博士？
赤峰　やかましいわ！　この薄汚いコソ泥どもが。（いきなり叫ぶ）先生！　先生！

みんながあたりをキョロキョロと見渡す。黒崎はカシオとオトメを見つめている。

赤峰　（黒崎のそばで）さあ先生。……やっておくんなさいまし。（越後屋風）
白木　だれなんですか、さっきから！

黒崎がミナミをあっさり手放す。ミナミがつまずくようにしてみんなの方に近づく。

桃山　え？
オトメ　（ミナミを抱きしめ）ミナミ！
赤峰　ちょっとぉ〜！　な、な、な、何で逃がすんだぁ！
黒崎　気が変わった。オレは向こう側につかせてもらう。（戦線離脱）
桃山　……どうして。

黒崎　青柳博士の忘れ形見とあっちゃ、キズをつけるわけにはいかないんでな。
オトメ　お父さんを知ってるの？
黒崎　ああ……よーくな。
赤峰　この裏切りモノー！

9　守護獣（ガーディアン）

ホクト　よっ！　おまたせ！（現れる）
オトメ　ホクト！
カシオ　どこ行ってたんだよ！
ホクト　ちょっとね。
赤峰　ほお、オマエが頭（かしら）か。ふん、まさか墓荒らしを率いてるのが女とはな。
ホクト　そっちこそ、ボヤッキーが黒幕とはね。
桃山　！（赤峰を見る）
白木　（吹き出す）ぷっ！
赤峰　だれがボヤッキーだ！
正助　うまいっ！　……即興であだ名つけさせたら、天才だな。（感心）

みんな拍手。赤峰がブチ切れる。

桃山　書記官、落ち着いてください！（半笑い）

白木　そうですよ。（にやけ顔）
赤峰　笑顔で言うな！
二人　……。
ホクト　（いきなり大声）ああ、そうですか！
赤峰　（ビクつく）へ？　な、なにが？
ホクト　そっちがビックリドッキリメカでくるんなら、しょうがない。こっちは、魔法で勝負よ。
あゆみ　まほー？
ユリ　（オトメに）魔法って？
オトメ　……知らない。はじめて聞いた。
ホクト　ホクトさまの召喚魔法みて、腰抜かしても知らないから。吠え面かくなよ。

ホクトがセンターに進み出る。ホクトが高らかに呪文（？）を唱えはじめる。

ホクト　あまねく天地を見守りし、ガーディアンよ。長き眠りより目覚め、我を助けよ。我は汝の正式なる主（あるじ）、汝は我が忠実なるしもべなり。神々との契約により、我は汝に命ずる。今こそ我とともに、この世に巣くう悪を殲滅（せんめつ）せん。……出でよ！（手を空に突き上げる）ガーディアン！

急に激しい音楽が鳴り、雷鳴がとどろく。あたりに異様な気配が漂いはじめる。

するると、ホクトの背後からなにか大きなモノがゆっくりと姿を現しはじめる。
よくみると、それはバレリーナの格好をしており、ハッキリ言って趣味が悪いことこのうえない。

正助　な……なんだ、あれは——

ホクト　我が忠実なるしもべよ！　ドロンボー一味相手に思う存分暴れちゃってちょーだい！

ガーディアン（？）が天に吠え、次の瞬間、ものスゴイ勢いで赤峰たちに突進する。
吹っ飛ばされる赤峰と桃山・白木。みんな、その光景を唖然として見ている。
白木を突き飛ばし、桃山と赤峰に熱い視線を送る白鳥。桃山がサッサと逃げる。
捕まる赤峰。散々ボロ雑巾のようにもてあそばれる。

赤峰　えへっ！　うひゃひゃひゃひゃ！　……もおぅ、やめろよぉ！（笑顔で身をよじる）

ホクト　今だ！

赤峰　え？

ガーディアンが赤峰を背後からガッチリと抱きしめる。

白木　書記官！

赤峰　は、放せ！　バケモノぉ〜！（苦痛にうめく）うっ、うおぉぉぉ！

ホクト　どうする？　おとなしく帰るんだったら、考えてやってもいいけど？
赤峰　だ、だれがオマエなんぞに屈するものか。……このおとこオンナ！
ホクト　（冷たく命じる）やって。

次の瞬間、ポキポキとイヤーな音を立てて赤峰のあばらが折れる。ガーディアンの腕の中で、糸の切れたあやつり人形のように、赤峰の上半身がダラリと脱力。

桃・白　（絶叫）しょーきかーん!!

ガーディアンが手を放すと、赤峰が崩れ落ちる。桃山・白木が駆け寄る。
赤峰に肩をかして、必死に逃げ出す桃山と白木。

桃山　た、退却！　たいきゃくー！

赤峰たちがいなくなる。遺跡の中が、もとの静寂を取り戻す。みんな黙り込んでいる。

ユリ　……あ、あのぅ——
ホクト　（ガーディアンに向かって）タケコさん、ありがと！
白鳥　アンタの頼みじゃ断れないわよ。

あゆみ　え？　な……なに？　どういうこと？

カシオ　なんだ、タケゾウかよ。

白鳥　（凄んで）カシオぉ！　タケコさんでしょ？　なんべん言わせせんのこの子は。しまいにゃくちびる奪っちまうぞ？　こら。

カシオをはじめとする男性陣が、微妙にあとずさり。オトメとミナミが駆け寄る。

オトメ　タケコさん！

タケコ　あっらぁ〜！　オトメちゃん！　あいかわらずヒマワリみたいに元気ね。ミナミちゃんもお出迎えありがと。（いい子いい子する）

ユリ　……お知り合い？

ホクト　そう！　タケコさんは、いつも武器とかいろんな物を調達してくれるの。武器商人ってヤツ？

タケコ　でも、あんたに連絡もらった時はアセッたわよ。お店出てたから、そのまんまのカッコで飛んできちゃった。

黒崎　店？

タケコ　おもての商売よ。あらっ、いいオトコ。今度いらしてねん！（ウィンク）

ホクト　だれ？　その人……。（いぶかしげに黒崎をみる）

オトメ　あっ、こちらはメイト黒崎さん。お父さんの知り合いなんだって！

黒崎　……黒崎でいい。（あくまでニヒル）
オトメ　ミナミのこと助けてくれたんだよ。
ホクト　えっ、そうなの？（態度が急変）ヨロシク、黒崎！
正助　呼び捨て……。
カシオ　なんかこのお城も急ににぎやかになったよな。
ユリ　お城？
カシオ　そう！　ここはお城。
オトメ　そして、ミナミはお姫さま。
ホクト　アタシたちはお姫さまを守る三銃士なの！
正助　お城かぁ……。
ホクト　アタシたちのお城……「記憶の遺跡」にようこそ！

楽しいパーティーが始まる。

10　記念写真

全員が、ゲームやダンスに興じている。あゆみが正助に駆け寄る。

あゆみ　そうだ！　正助。写真撮ろ。記念写真。
正助　「木戸さん」だろ！　だからオレはもう人は撮らないって——
ユリ　固いこと言わないでっ。
あゆみ　アタシ、カメラ取ってくる！（走り去る）
正助　あっ、ちょっと！
タケコ　（ホクトたちに）ほら、アンタたちも並んで！
ホクト　ねえ、カメラって光る？　まぶしい？
タケコ　そりゃ、夜中の室内なんだからフラッシュ炊かないとムリよ。
ホクト　だったら、アタシらはいいや。ミナミが怖がるから……。
ユリ　大丈夫よ。ミナミちゃん、先生が手をつないであげる。ね？

ミナミがトコトコとユリのそばに行く。ホクトたちが顔を見合わせて、浮かない顔で移動。

あゆみが一台のカメラをもってやってくる。

あゆみ　これでいい？

正助　（受け取りながら）撮っても現像できなきゃ、意味ないんだけどな……。

タケコ　あら！　それなら、ウチにいらっしゃいよ。酢酸だって定着液だって、なんでも揃ってるわ。もちろん暗室だってあるし……。（意味ありげ）

正助　へえ、暗室まで。（感心）

カシオ　やめたほうがいいぜ。タケゾウと暗闇で二人っきりなんて、何されても知らねえぞ。

正助　え。

ユリ　大丈夫です。その時は私もついて行きますから。

正助　ぜ、絶対ですよ！

タケコ　ちっ！（舌打ち）

あゆみ　ねえ！　写真まだ？

正助　（我に返って）ああ……じゃあ、並んで！

全員での集合写真。ぎこちなかった人たちも、徐々に慣れてきたのか笑顔を見せる。
もちろん、黒崎だけは相変わらずニヒル。
何度目かのシャッターでストップモーション。
ホクトがみんなの笑顔をながめながら、一人語りはじめる。

ホクト　人がよく「絵に描いたようなしあわせ」という言葉を使うけど、それはきっとこういうことを言うんだと思う。この日から記憶の遺跡は、まるでお父さんがいた頃みたいににぎやかになった。お父さんがいなくなってからは、いくら楽しく笑ってても、いつも何かが足りないような気がしてたから……。この遺跡に来た頃、お父さんはいろんなことを教えてくれた。雨が降らなくても水を溜める方法とか、食べ物を長い間保存する方法、そして、万が一誰かが侵入してきた時のためにと、銃の撃ち方だって教えてくれた。

ホクトが話している間、それ以外の人々はスローモーションで去っていく。その背後に、白いフードの子供たちが出てくる。何か、麻ぶくろにくるまれた大きなものを三人で重たそうに引きずっている。

ホクト　ミナミは体が弱くて、長くお日さまに当たると熱を出してしまうから、水を溜めるのも、遺跡を守るのもアタシたち三人の仕事。とくにお父さんが体の具合を悪くしてからは、遠くまで食べ物を探しに行くのもアタシたちの仕事になった。そんなある日、いつものように食料を探しにいった帰り道で激しい砂嵐に巻き込まれた。岩場に隠れて砂嵐をやり過ごし、やっと帰り着いたのは、遺跡を出てから4日後。そこでアタシたちが見たのは……もう二度と動かない、冷たくなったお父さんの体だった。そして、そのお父さんのそばでは、ミナミがたった一人、お人形で遊んでいた。

ホクトがミナミを見つめる。ミナミは遠くを見つめている。

その背後では、三人の子供が、麻ぶくろを穴の中に転がすように投げ込む。人の体が入っているのか、ドサッと嫌な音がする。それから、まわりの土をかけはじめる。

ゆっくりと暗転。

11　青柳

別の場所、赤峰がやってくる。松葉杖をつき、胸に包帯をまいた姿が痛々しい。
そこへ、白木がやってくる。赤峰がいることに驚く。

白木　赤峰一等書記官！（近づく）動かれて大丈夫なんですか？
赤峰　大丈夫なわけないだろ！（痛がる）いたたたた。
白木　ほらぁ、大声だすから。（奥に向かって）桃山中尉！　中尉！

桃山がやってくる。

桃山　書記官！（駆け寄って助け起こす）大丈夫ですか？　……まだ動かない方が――
赤峰　部屋でジッとしてると、思い出すんだよ。あの日の屈辱を……。
白木　凄かったですモンね……あのバケモノ。
赤峰　化けモンじゃなくて黒崎の野郎だよ！　金を受け取っときながら裏切るとは、賞金稼ぎの風上にもおけん。（ブツクサ文句）

桃山　それにしても、どうして急に寝返ったんでしょうか。
赤峰　知るか！　あんなヤツ……あんなヤツもう絶交だからな……。（べソをかく）
桃山　……。
白木　なんか青柳博士がどうとかって言ってませんでした？
桃山　青柳博士？
白木　（うなずいて）あの墓荒らしたちのことを「青柳博士の忘れ形見」って。
赤峰　青柳？　……どっかで聞いたことが。（考えて）青柳、青柳、あおや――（表情が固まる）
桃山　（同時に気づく）書記官。
赤峰　そうか……アイツらがあの青柳の……。
白木　ご存知なんですか？
桃山　政府機関の人間なら誰でも知っている。いや、忘れたくても忘れられるはずがない。
白木　え？
赤峰　青柳は、アイツは十三年前、人類を裏切り、この世界を破滅へと導いたんだ。

赤峰と白木がシルエットに変わる。話を続けている。
場面が変わる。黒崎と正助がやってくる。

正助　え？　今……なんて？
黒崎　青柳は……世界的なウィルス学の権威だった。あの「パンドラ」が発生した当初、その急先鋒として国が真っ先に指名したのも、ほかならぬ青柳だった。青柳博士なら、殺人ウィルスを食い止めることができるハズだ、とな。

正助　アイツらの父親が……。

黒崎　だが、ヤツは行方をくらました。パンドラの驚異に立ち向かおうともせず、4人の子供をつれて突然いなくなったんだ。

正助　いなくなった?

黒崎　舵取りを失った医学界は、世界中がパンドラに蹂躙されていくのを、指をくわえて見ているしかなかった。あのとき、青柳さえ逃げずに戦っていれば、ここまで被害が拡大することもなかったろうな。

正助　でも、どうして逃げたりなんか……。

黒崎　さあな。ただ言えることは、青柳が、世界中にいる数十億人の命よりも、アイツら4人を選んだってことだけだ。

黒崎と正助がシルエットに変わる。
赤峰と白木の話し声が聞こえてくる。

赤峰　まあ、その青柳が死んでしまった今となっては、真相は闇の中だがな。

白木　死んだ?

赤峰　風のうわさでな。皮肉なことに、パンドラが原因だったらしいが。

桃山　当然です。みんなは自分の命が助かったとしても、大切な人たちを失ったんですよ。恋人や親、そして子供まで――
赤峰　そうだ。だが、青柳のガキどもはまだ生きてる。（振り返って）こんなことが許されていいと思うか？
桃山　……許せません。絶対に許せません！
赤峰　だろう？　……だから、人類に変わって私たちがかたきを討つんだ。
桃山　え？
赤峰　ここで青柳のガキどもにめぐりあったのは、ただの偶然じゃない。我々の手で、あの青柳の血を……絶つ。
白木　……やります。やらせてください。
赤峰　よく言った！　相手は治安を乱す墓荒らしでもあるんだ。遠慮はいらん。特殊部隊とありったけの爆薬を用意しろ。万全の作戦を組み立ててヤツらを殲滅する。
桃・白　はっ！（敬礼して去る）
赤峰　青柳よ……見てるがいい。オマエの大切なモノを叩きつぶしてやる。あの薄気味悪い遺跡とともにな……。

赤峰が去る。
夕暮れ時、記憶の遺跡の屋上。黒崎と正助が話を続けている。

正助　じゃあ、こっちの味方に付いたのは？　まさか、復讐の機会をうかがうためとか。

黒崎　（鼻で笑って）オレはただ……知りたかったのさ。青柳が何十億の命を見捨ててでも守りたかったモノが、何なのか。そして、そいつらにホントにその価値があるのかがな。多くの人間がのたうちまわって死んでいったことに、なんでもいいから理由が欲しかったんだ。

正助　……。

黒崎　愛する者を失った人間たちにとって、この世は砂漠そのものだ。どこまで行っても、乾いた静寂と虚しさしか見つからない。死ぬのも地獄なら、希望を失って生きていくのもまた、……地獄。

正助　生きるも地獄……。

黒崎　違う世界でぬくぬくと生きてきたヤツには、分からないだろうがな。

正助　（信じられない顔をして見る）……知ってたのか？

黒崎　（軽く笑って）夢を見ただけだ。ガレキのなかに突っ立っているオマエを……。この時代じゃなかった。遠くで爆撃の音が聞こえてた。あれは戦場だろう？

正助　……。（黙り込む）

黒崎　どうした？

正助　オレだって……オレだって地獄を見たことぐらいあるさ。毎日、あの戦場の中で意味も分からずに死んでいく人たちを見てるのがツラくて……だからオレは——

黒崎　しっぽを巻いて逃げ出した……か？

正助　……。

黒崎　それでもオマエはその時代に戻りたいんだろ？　ここよりはマシだと気づいたからか？

正助　！（黒崎を見る）

黒崎　だがな、一度でも逃げ出したオマエにいったい何が出来る。まわりにある日常こそが世界のすべてだと自分に言い聞かせ、世界の現実から目を背けて生きてくぐらいが関の山だ。

正助　（ムキになる）じゃあ、アンタはどうなんだ？　軍人だったんだろ？　なんで軍をやめたんだよ！

黒崎　戦うためだ。

正助　え？

黒崎　十三年まえ、オレはすべてを失った。家族も親友もなにもかも……。軍隊ってトコはな、どんなに訓練して身につけた力も、上の命令がなければ使うことさえ許されない。オレは誰の命令でもなく、自分が戦いたいときに戦う。守りたいと思ったモノを守る。……そう決めたのさ。

黒崎がニヒルに、口笛の音とともに去る。キザっちい。

正助　（ボソッと）……カッコいいんだか悪いんだか、微妙だな。

正助が反対側に去る。

12　幻影

ユリがやってくる。壁や床をあちこち調べている。

ユリ　うーん。何もないわね。西野さん！　そっちは？
あゆみ　（変なトコから出てくる）なーんも。
ユリ　おかしいわねぇ。絶対になにかあるハズなのよ。異次元同士をつなぐトンネルとか、秘密の抜け穴が……。
あゆみ　ドラえもんじゃないっつーの。
ユリ　私はご両親にあなたを連れて帰るって約束したの。絶対あきらめないわよ。
あゆみ　まだ言ってる……。（呆れて座り込む）

ユリはまだ探している。ゆっくり話し始める。

ユリ　西野さん。
あゆみ　はいはい。探してますよぉ。

ユリ　……ごめんなさいね。（あゆみを見ない）
あゆみ　は？　……何？　急に。
ユリ　進路のこと。アナタの将来のことなのに、よってたかって大人の理想を押しつけてただけなのかもしれないと思って……。
あゆみ　もういいよ。
ユリ　（寂しく笑って）ホント、教師失格ね。みんなに人生のすばらしさを教えたくて教師になったハズなのに、いま私が教えているのは世界のシビアな現実だけ……。人生は勝ち負けじゃないと口では言いながら、それでもオマエは勝ち組になれと生徒の尻を叩いてきただけ……。ただ、それだけ……。
あゆみ　知らなかった。
ユリ　え？
あゆみ　先生みたいな大人でも、アタシらみたく悩んだりすることあるんだ。
ユリ　失礼ね。ただいま青春まっただ中よ。

あゆみとユリが笑いあう。すると、急にあたりが薄暗くなる。

舞台奥がぼんやり明るくなると、白いフードの影が二つ、何かを重そうに抱えてくる。

二人が抱えているのは、もう一つの小さな体。手は力なく、生きているようには思えない。その小さな体が、センターの穴に投げ込まれる。二人は、ジッと穴の底を見つめている。

あゆみ　なに？　あれ……。

ユリとあゆみがそっちに気を取られている間に、違う人影が二人の背後に忍び寄る。

声　ちょっと――

ユリとあゆみが絶叫。その瞬間、センター奥の白い人影が消える。

あゆみ　（顔を見て）なんだオカマかぁ～。（ヘタり込む）
タケコ　悪かったわねオカマで……。なにしてんのよ、こんなトコで。
ユリ　いえ、ちょっと探し物を……。
あゆみ　（タケコに）ねえ、見た？　さっきの幽霊みたいなの。
タケコ　幽霊？
ユリ　白いフードをかぶった子供たちが見えたんです。
あゆみ　そのうち一人はまるで死んでるみたいに動かなくってさ――
ユリ　そうそう、シーツにくるまれてて――
タケコ　（慌てて）あーら！　だったら、この遺跡じゃ珍しくないわよ。ここではアンタたちが見た幻を「記憶のかけら」って呼んでるの。この遺跡が見ている夢なんじゃないかって言う人もいるけど……原因はよく分からないわ。

ユリ　でも、あの子たちなんか見覚えがあるような……。
あゆみ　先生も？
タケコ　（さえぎって）そうそう！　それにね、満月の夜なんかもっと凄いのよ。なんか何十年も前の町並みが見えるらしくて、それはそれはキレイだって。ずっと昔は夜でも無数の灯りがあったのねぇ。なんでも、この遺跡のすぐそばに「ゲームセンター」とかって看板が見えたって、ホクトが――
ユリ　タケコさん！　……い、今、なんて言いました？
タケコ　え？　だから、満月になると「ゲームセンター」って看板が――
あゆみ　先生！　それって――
ユリ　ええ。見つけたわ……元の世界に帰る方法を。
タケコ　……帰る？
あゆみ　（タケコに）ねえ！　今度の満月っていつ？　ねえ！
タケコ　た、たしか……あと一週間ぐらいだったと思うけど？
あゆみ　一週間？　ホントに？（叫ぶ）やったぁ～！　帰れる！　やっと帰れるんだー！

抱き合って大喜びする二人。タケコが啞然と見ている。

ユリ　木戸さんにもすぐ知らせないと！
あゆみ　うん！

ユリとあゆみが走り去る。

タケコ　ちょっとぉ！　……なんなのよ、一体？

タケコが去ろうとして、もう一度振り返る。そして、ユリたちの去った方へいなくなる。

13　星空の下

夜の遺跡の屋上。オトメ・カシオ・ミナミがやってくる。

カシオが隅にある木箱を真ん中のほうに運んでくると、自分の武器の手入れをはじめる。

オトメはミナミを座らせてから、自分の武器を手入れし始める。

カシオ　あれ？（キョロキョロして）ホクトは？
オトメ　（首を振って）なんか元気なかったから、声かけなかった。
カシオ　ホクトが？（笑って）雨でも降るんじゃねえか？
オトメ　なんかさ、あの人たちがここに来てから、ホクトおかしくない？
カシオ　そうか？
オトメ　だって、アタシたちだけだった時は、こんなコトなかったモン。
カシオ　もしかして……あいつのせいか？
オトメ　あいつ？
カシオ　お父さんを知ってるってヤツ。なーんか怪しいんだよな。世の中のことは全部お見通しって顔してさ。そのうち、オレたちの秘密にも気づかれたりしてな。

オトメ　え？　ミナミがアタシたちと違うってこと？
カシオ　しっ！　声が大きい！
オトメ　（口に手を当ててキョロキョロ）
カシオ　ホクトも言ってたろ。オレたちがやってることは、神さまを冒瀆してることになるんだって。だから、だれにも知られちゃいけないんだ。アイツ、オレたちからミナミを取り上げるつもりかもしれねえぞ。
オトメ　どうやって？
カシオ　オレたちは、この遺跡の不思議な魔法のおかげでミナミと一緒にいられるんだ。ってことは、もしこの遺跡をぶっ壊されたら——
オトメ　そんなのいやだ！　ミナミを取られるなんて、考えたくない。

オトメがミナミを抱きしめる。カシオが人の気配に気づく。
そこへ、あゆみとユリがやってくる。

あゆみ　はぁ〜、食った食ったぁ！　あれ、アンタら何やってんの？　メシも食わないで。
ユリ　さあみんな！　今日もがんばってお勉強するわよ！
あゆみ　また勉強ぉ？（うんざり）
オトメ　……今日は何するの？
ユリ　（空を指さして）お星さま。

オトメ　星？
ユリ　そう！　星座の勉強よ。じつは先生、とっても面白いことに気づいたの。
カシオ　なに？
ユリ　アナタたち４人の名前って、ぜんぶ星座のなまえなのよ。知ってた？

カシオとオトメが顔を見合わせる。

ユリ　まず、オトメちゃんが乙女座。

「おおっ」というどよめきが上がる。

あゆみ　まんまじゃん。
ユリ　それから、ホクトは北斗七星でしょ？　ミナミちゃんは、南十字星あたりかな。
オトメ　ホントだぁ！　スゴイ！（はしゃぐ）
カシオ　え？　オレは？　先生、オレは？
ユリ　もちろん、ちゃーんとあるわよ。（指でMの文字をなぞりながら）カシオペア座。
あゆみ　うわ、ちょっとムリヤリくない？　しかも、カシオペアって確か女の名前——
カシオ　（ムカッ）いいんだよ！
オトメ　星のなまえ……（嬉しそうに）知らなかった。

ユリ　星の名前を子供たちにつけるなんて、ホントにステキなお父さんだったのね。
カシオ　……まあな。
オトメ　あっ見て。あっちには、お月さまが出てる。きれーい！
カシオ　あしたぐらいだな、満月……。
オトメ　そうだね。
あゆみ　……満月、か。
ユリ　どうしたの？
あゆみ　なんか、ちょっとね。
ユリ　さびしい？
あゆみ　そういうわけじゃないけどさ……。
ユリ　意地張っちゃって。
あゆみ　（にらむ）……。

夜空を見上げる。空には満天の星。遺跡中に、みんなの楽しそうな歓声が響いている。

14　叫び

ミナミは手入れの途中だったオトメの銃で遊んでいる。
そこへ、ホクトがやってくる。ミナミに駆け寄ると、その手から銃を取りあげ、頰を殴る。ミナミが倒れる。

ホクト　これはオモチャじゃないんだって、何度言ったら分かるの？

みんなが静まり返る。

ホクト　オトメ！　ミナミのまえでは銃の扱いに気をつけろって言ってるでしょ！
オトメ　あ……うん。ゴメン。（銃を受け取る）
ホクト　カシオ。（木箱をアゴで示して）片づけて。
カシオ　わかった。（木箱を隅に片づける）

ミナミが床に突っ伏したまま泣き出す。ユリがミナミに駆け寄って、抱き起こそうとする。

ホクト　先生、よけいなことしないで。……悪いのはこの子なんだから。
ユリ　でも、幸いなにもなかったんだから――
ホクト　何かあってからじゃ遅いの！（ミナミに）自分で立ちな。
ミナミ　……。
ホクト　ミナミ！
あゆみ　……何カッカしてんの？
ホクト　（振り返る）……。
あゆみ　何も言わずにいきなり殴るなんて、アンタそんなヤツだったの？
ホクト　あゆには関係ない。
あゆみ　なんでコイツの気持ちを考えないんだよ！　アンタらが当たり前に持ってるモノを、欲しいと思っただけじゃん！
ホクト　え？
ユリ　（ミナミを起こしながら）同じモノが欲しかったんでしょ？　三人と同じモノを持てば、一緒にお出かけできると思ったのよね？
ミナミ　……。
あゆみ　（ミナミに）行こ。

あゆみがミナミを連れて去る。入れ替わりに正助が入ってくる。

正助　（カシオに）どうしたんだ？
カシオ　……。
ユリ　アナタたちが食料の調達に出ていったあと、残されたあの子がどんな思いでいるのか、分かる？　……アナタたちが砂ぼこりの向こうに消えるまで見送るミナミちゃんの顔、一度も見たことないでしょう？

カシオとオトメが息を呑む。

ユリ　私たちが来るまえは、ずっとひとりぼっちでみんなの帰りを待ってたのよ。少しはそのさびしさも分かってあげないと……。
ホクト　さびしさ？
ユリ　ええ。

突然、ホクトが笑い出す。

ホクト　……さびしいのが何だって言うの？　じゃあ、先生。ミナミがさびしいって泣くたびに、どこにも出かけず、そばにいてあげればよかった？　それとも、あの砂漠の向こうに連れてって、世界の現実を見せろとでも言うわけ？

ユリ　……それは——

ホクト　ミナミの気持ちがどうだろうと、おなかは空くのよ。なんにも食べなきゃ死んじゃうのよ！　だから、遠くの町まで食べ物を探しに行かなきゃならない。そのためにあの子一人を置いて出かけることの何がいけないの？

ユリ　（首を横に振る）そういうことじゃなくて——

ホクト　そう言ってるじゃない！　今だってそうよ。言葉をほとんど理解できないあの子に、銃が危険なモノだって、触っちゃいけないって教えるには、どうしたらいいの？　優しく言ったって聞かないなら、こんどは叱りつけて、それでもダメなら、最後には殴ってでも止めるしかないじゃない！

カシオとオトメがホクトを止める。

カシオ　ホクト！

オトメ　ホクト……もういいよ。もうやめて。（泣いている）

ホクト　お父さんが死んでから、ミナミを守ってきたのはアタシたちよ。そのためなら、なんだってやってきた。盗みだって人殺しだって……時には、年寄りや女子供ばかりの遺跡を襲ったことだってある。

ユリ　え？

ホクト　ひどいと思うでしょ？　でも、ミナミは知らない。この遺跡から出さえしなければ、何も知らなくてすむ。その食事を用意するために、アタシたちが外で何をしてるのか。世界が今どうなっているのか。
正助　教えてあげればいいじゃないか。
ホクト　え？
正助　オマエたちがそうやってこの生活を支えてるんだってこと、あの子に見せてやれよ。
ホクト　だ、ダメ！　絶対ダメ！
正助　どうして？
ホクト　どうしてって……。
正助　こんな薄暗いトコに閉じこめられて、世界を知らずに生きていくことがホントに幸せだと思うのか？　……世界ってのは、いつの時代でも多少なりとも汚いモンだ。時には地獄のような光景にだって――
カシオ　地獄ならもうとっくに見たさ！　オレたち三人は、地獄のような世界を這いずり回ってここまで来たんだ。せめてこの城の中だけでも、幸せな夢を見せてくれたっていいじゃないか！
ユリ　夢？
オトメ　この遺跡からミナミを出すわけにはいかないの。この中にいさえすれば、ミナミだけは綺麗なまま。いくらアタシたちが汚れても、ミナミだけはこの世界に染まらなくてすむの。
正助　でも、オマエらが外で危険なコトして、もし万が一何かがあったら？　あの子は本当に一人になるんだぞ。
ホクト　……その時はその時よ。

正助　またこれ以上さびしい思いをさせるってのか？　一人だってことは、ときには空腹よりもつらいことなんだぞ。

ホクト　お父さんが死んだ時でさえ、何もわからず死体のそばで遊んでたあの子よ。どうせアタシたちがいなくなったって気づきもしないわ。それどころか、きっと、アタシたちのことなんかすぐに忘れてしまう。

ユリ　ホクト……。

正助　そうまでして……どうして、どうしてこの遺跡じゃなきゃいけないんだ。

三人　……。

15　奇襲

その時、突然凄まじい轟音が鳴り響く。遺跡が大きく揺れる。

ユリ　な、なに？
正助　また爆発？
カシオ　……アイツだ。
ユリ　え？
カシオ　黒崎だよ。アイツ、味方についたフリして裏切りやがったんだ。
オトメ　ええっ？
カシオ　はじめっからいかにも怪しいと思ってたんだよな。
黒崎　このオレがどうしたって？

黒崎が立っている。

ユリ　黒崎さん！

カシオ　あ、あれ？
黒崎　悪かったな……いかにも怪しくてよ。
カシオ　……。
正助　何なんですか？　今の音。
黒崎　下を見てみろ。

正助たちが手すりに近づく。
遺跡から少し離れた所に、赤峰たちが見える。数人の兵士が、銃を構えている。

正助　なんだ？　あれは——
黒崎　赤峰だ。（舌打ち）……思ったより早くやってきやがった。
ユリ　なんか、この前より人数増えてません？
黒崎　増えたのは人数だけじゃないぜ。あっちの装甲車の後ろ……。

みんなが見る。

黒崎　ぜーんぶ爆薬だよ。
ユリ　爆薬？
黒崎　それもこの前オレが使ったのとは、ケタ違いの量だがな。もしあれを使われたら、こんなボロい遺跡、ひとたまりもないぞ。
ユリ　え？　じゃあ、この遺跡が壊されるかもしれないってことですか？
黒崎　おそらくな。
ユリ　そんな！　困ります！　この遺跡からでないと私たち帰れないんです。
正助　（ハッとして）……すっかり忘れてた。
ユリ　明日の夜……せめて明日の夜まで、なんとかなりませんか？
黒崎　それはあっちに聞いてくれ。
ユリ　そんなぁ……。
オトメ　どうする、ホクト？
ホクト　……気にくわない。叩きつぶしてやる！

ホクトが走り去る。

オトメ　そうこなくっちゃ！　アタシたちを敵に回したこと、後悔させてやるから！

オトメが去る。カシオがあとを追おうとするが、正助が呼び止める。

正助　カシオ！
カシオ　（振り返る）……。

正助　気をつけろよ。……ケガしないようにな。
オトメ　オレたちなら大丈夫。正助さんたちこそ、地下の物置に隠れてろよ。……ぜんぶ終わるまで出て来ちゃダメだからな。（行きながら）絶対だぞ！

カシオが去る。

正助　先生。
ユリ　ええ。

正助とユリが反対側へ走り去る。

黒崎　オレたちは大丈夫……か。

黒崎が二人のあとを追う。
さらに大きな破壊音が響く。桃山と兵士たちがやってくる。

桃山　風穴が空いたぞ。全員突入だ！　遺跡にいるヤツらを一人残らず捕らえろ！

兵士たちが突入し、遺跡のなかに散っていく。赤峰がやってくる。

赤峰　（ハンカチを鼻にあてる）よくこんなカビ臭いトコに住めるもんだ。

白木がやってくる。

白木　一等書記官！　連れてきました！

兵士に連れられて、あゆみとミナミがやってくる。両手を後ろ手に縛られている。

あゆみ　放せよ！　くっそぉ〜！　はーなーせー！　このボヤッキー！

白木　（吹き出す）！

赤峰　（白木をにらんで、桃山に指示）黙らせろ。

桃山があゆみの喉元に銃を突きつける。あゆみが固まる。

赤峰　まだ、自分の立場が分かっていないようだな。（ミナミを見て）こっちは声も立てないのに……。まあ、もう少しおびえてくれた方がやりがいがあるんだが。

赤峰とあゆみがにらみ合っている。兵士がやってきて、白木に耳打ち。

白木　書記官。

赤峰　なんだ？

白木　遺跡の奥への通路を確保しました。

赤峰　ご苦労。……こいつらも連れてこい。今度は絶対に放すなよ。あの化けモンがいつ襲ってこないともかぎらんからな。

桃山　は。

赤峰たちがあゆみ・ミナミを連れて去る。

16　秘密

遺跡の裏口。駆け込んでくるユリと正助。続いて黒崎が現れる。
そこへ、タケコが駆け込んでくる。

タケコ　先生！
ユリ　タケコさん！　どうしてここに？
タケコ　お店の子が遺跡の方角から大きな音が聞こえたっていうから飛んできたのよ！
正助　とにかく、ここにいちゃ危ない。早く外へ――
タケコ　（押しとどめて）あの子たちは？
黒崎　まだ遺跡の中だ。
タケコ　助けなきゃ……。（行こうとする）
ユリ　ダメですよ！　捕まったら何されるか。
正助　ここはアイツらに任せたほうがいい。さ、こっちへ――
タケコ　待って！　……ダメなのよ。ここで、すべて終わりにしなきゃダメなのよ。
黒崎　何を言ってるんだ？

タケコ　はじめてアンタたちがこの遺跡に来た日。あのとき撮った写真を持って来たわ。

タケコが何枚かの写真を取り出す。

ユリ　そんなのあとでいいじゃないですか！
タケコ　いいから、見て！（差し出す）……お願い。

いぶかしげに写真を受け取り見始めるユリ。突然、ユリの手が止まる。

ユリ　あら？
正助　？　……どうしました？
ユリ　（何枚もくりながら）いない……。どうして？
黒崎　だから、何なんだ？
ユリ　写真に映ってないのよ！　ほら、確かにみんな一緒に映ったハズなのに、これも、これも、ほら、これにも！
正助　（受け取って）ホントだ……でも、どうして？
タケコ　写真を撮っても姿が映らないってことは、もう存在していない。つまり、……生きてる人間じゃないってことよ。
正助　え？

タケコ　……あれはいつだったかしら。アンタたちがきてからだから、最近なんだけどね。ある日、ホクトがおかしなこと言ったのよ。

17　ホクト

ホクトがやってくる。

ホクト　タケコさん、ごめんね待たせちゃって。
タケコ　あら？　見送りはアンタだけ？
ホクト　（奥を振り返って）みんなまだ遊んでる……。
タケコ　そう。でも、まるでお父さんがいたころに戻ったみたいじゃない？
ホクト　……そうだね。（気のない返事）
タケコ　じゃ、そろそろ行くわ。お店も開けなきゃいけないし……。（行こうとする）
ホクト　タケコさん。……永遠ってあると思う？
タケコ　えいえん？
ホクト　お父さんがいたころは毎日が幸せだった。アタシたちみんなお父さんが大好きだったから。ずっとそんな日が続くんだって思ってた。でも、お父さんが死んでから、すべてが変わってしまった……。
タケコ　なにが？

ホクト　なにもかも。だれもが言うんだ。青柳博士は……お父さんは悪魔だって。人類を見捨てて真っ先に逃げ出した卑怯者だって。
タケコ　……そう。
ホクト　だから、パンドラで死んだのは天罰なんだって……。
タケコ　アンタは？
ホクト　？
タケコ　アンタはどう思うの？　他の連中と同じようにお父さんは卑怯者だと思ってるわけ？
ホクト　（首を振る）
タケコ　だったらいいじゃないの。人が何と言おうが、アンタのお父さんはステキな人よ。あの人はパンドラから逃げたんじゃない。ただ、幼かったアンタたちを守る道を選んだだけ。
ホクト　選んだ？
タケコ　この世にあの人を責める権利のある人間なんて一人もいないわ。……人はね、なにかの犠牲のうえにしか幸せを築くことはできないの。生きるっていうのは、何かの命を喰らって生きながらえるってこと……。でも、その本当の哀しさを知らなければ、自分の命だって大切にしようとはしないでしょう？
ホクト　うん。
タケコ　だから、アンタたち三人は幸せモンよ。世界の美しさも醜さもちゃーんと知ってる。
ホクト　……。（タケコを見ている）
タケコ　なに？

ホクト　なんか……タケコさんとしゃべってると元気になる。タケコさん、大好き。
タケコ　何よ急に。
ホクト　（小首をかしげて）結婚して。

タケコがホクトのおでこをペチッと叩く。

タケコ　そういうセリフは、ホントに好きな人に言いなさい。オカマに安売りするんじゃないの。
ホクト　……ホントだもん。（ポツリと）
タケコ　え？　なに？（聞こえてない）
ホクト　タケコさんみたいな強い人と一緒にいられたら、きっと自分もそうなれるんじゃないかなーって思っただけ！
タケコ　あんたは充分強いわよ。おまけに優しい……。
ホクト　（首を振る）優しくも、強くもないよ。……ミナミ一人、守ってあげられない。
タケコ　……ホクト。
ホクト　お父さんが死んだとき、大人になりたい、早くお父さんみたいな大人になりたいと思った。そうすれば、守りたいモノを守ってあげられる。せめて、体の弱いミナミが大きくなるまでは三人でこの遺跡を守り抜こうって……でも、間に合わなかった。
タケコ　え？
正助　間に合わなかった？　……ホクトがそう言ったんですか？

正助のセリフをきっかけに現実に戻る。
ホクトがいなくなる。

タケコ　……ええ。
黒崎　そうか。……この遺跡の秘密ってのは、そういうことか。
ユリ　遺跡の秘密？
黒崎　この記憶の遺跡は……遠い昔、映画館として使われていた。そのせいか、いつしか、もう生きてはいない者の姿が、闇の中に浮かぶようになった。
ユリ　（ハッとして）記憶のかけら。
タケコ　そう……この遺跡は、ホントに人のコトを愛していたのね。その昔、ここを訪れては、つかの間の夢に酔いしれ、笑ったり、泣いたり……。だから、いつしか世界が滅び、人間が次々と姿を消しても、あの頃の夢を見つづけている。
正助　じゃあ、オレたちが見ていたのは？　このひと月近く一緒にいたのは？
タケコ　それは……きっと、あの子たちの想いが生んだ幻影。死によって愛する者と引き裂かれるのは誰にとっても耐え難いわ。そして、この遺跡の不思議な力が、あの子たちの想いに手を貸したのよ……。でも、所詮は光が作り上げたまぼろし。強い光を浴びれば消えてしまう。だから、昼間でも暗い遺跡のなかや、夜にしか実体化できなかった。
ユリ　だからカメラのフラッシュを嫌って――

黒崎　……気にくわねえ。
正助　え？
黒崎　全然気にくわねえ。（吐き捨てる）茶番もいいとこだ。運命に逆らって、いつまでも過去に執着しやがって。青柳が守りたかったのは、こんなくだらないモンだったのか？　そんなモンのために、みんな死んでいったってのか？　ちくしょー！（荒れる）
ユリ　！（悲鳴をあげる）
黒崎　オレは認めないぞ……。終わらせてやる。ニセモンの幸せなんぞ、このオレが粉々にしてやる！

黒崎が走り去る。みんなが呆然と見送る。

タケコ　アタシたちも行くのよ……。
ユリ　どこに？
正助　アイツらの夢を終わらせに……。そうでなきゃ、あまりに悲しすぎる！

正助・ユリ・タケコが走り去る。

18　花いちもんめ

遺跡の奥。赤峰と白木に連れられたあゆみとミナミがやってくる。兵士たちもいる。

赤峰　さーて、青柳の大切な城だ。どこから潰していくとするかな。……そうだ。たしか青柳のガキは4人だったな。一人ずつ血祭りにあげていくってのはどうだ?
白木　え?　……そ、そこまでやります?
赤峰　(あゆみに)オマエも青柳のガキか?
あゆみ　……。
赤峰　(ミナミに)それともオマエ?

赤峰がミナミの髪を引っ張って顔を上げさせる。

あゆみ　やめろ!(暴れる)
赤峰　うるさい!(あゆみの頬を殴る)

突然、ミナミが赤峰にかみつく。痛みに悲鳴をあげ、ミナミを突き飛ばす赤峰。

白木　書記官！

赤峰　くっそぉ〜！（兵士に）貸せ！

赤峰が兵士の銃を奪って、銃口をミナミに向ける。

あゆみ　ミナミ！

赤峰　いい度胸だ。お望みどおりオマエから始末してやるよ。

あゆみ　やめろぉ〜！

そこへ、正助・ユリ・タケコが駆け込んでくる。

正助　やめろ！

桃山　（銃を向ける）動くな！

桃山と白木が正助たちに銃を向けている。にらみ合い。

正助　二人から手を放せ。

ユリ　お願い、その子たちを返して。
赤峰　うるさい！　その言いぐさじゃ、まるで私が悪者じゃないか！　私はな、人類に変わって青柳の血を絶やすためにここに来たんだ。正義の鉄槌を下しにな！

するると、突然あたりが暗くなりはじめる。

赤峰　な、なんだ？　……どうした。
正助　マズイ。（赤峰に）早く……早くその子を放すんだ！
タケコ　どうやら、もう手遅れみたいよ。
ユリ　え？
タケコ　ほら……あれ。（赤峰の背後を指さす）

とびらがゆっくりと開き始める。
立ちこめる煙の中に、白いフードの子供たちが向こうを向いてしゃがんでいる。
どこからか「花いちもんめ」の歌が流れてくる。

♪かーってうれしい花いちもんめ、まけーてくやしい花いちもんめ、あの子がほしい、あの子じゃわからん、その子がほしい、その子じゃわからん、そうだんしましょ、そうしましょ――

ユリ　この歌……。

タケコ　花いちもんめ……。

歌にあわせて白いフードの子供がゆっくりと立ち上がる。

あゆみ　なに？　何なのこれ？

タケコ　あの日、一人の子供が死んだ。父親と同じようにパンドラのウィルスが原因だった。そして、ホクトとカシオが二人で、古いマンホールの中にその子の死体を……。

あゆみ　死んだ？　誰のこと言ってんの？

一人がフードゆっくりとを脱ぎはじめる。そして、オトメが姿を現す。

あゆみ　……オトメ！

ユリ　でも、それだけでは終わらなかったの。一旦、遺跡のなかに入り込んだウィルスは、その数日後、さらに次の犠牲者を生んだ。そして、今度はホクトがたった一人でその子の遺体をマンホールに投げ込んだ。

さらに、また一人がフードを脱ぐ。そして、カシオが姿を現す。

あゆみ　カシオぉ……。

正助　そして、さらにもう一人、パンドラの餌食になった子供。その子は、自分の死を確信すると最後の力を振り絞って、重いマンホールのフタをあけ、みずからその中に飛び込んだ。死んでいく自分よりも、たった一人残される妹の哀れさに、涙しながら……。

最後の一人がフードを脱ぐ。ホクトが姿を現す。

あゆみ　ホクト！

赤峰　う、撃て！　撃てー！

兵士たちの銃が火を吹く。弾があたり、よろめく三人。だが、すぐに元のように立ち上がる。

赤峰　な、なぜだ……。確かに弾は当たったハズなのに……なぜだ！

正助　ダメだ……もう誰にも止められない。

ホクト・オトメ・カシオの三人が悪魔のようにニヤリと笑う。

タケコ　逃げて！

桃山　え？

タケコ　早く逃げんのよ！

恐ろしい形相で三人が兵士たちに飛びかかる。悲鳴をあげて逃げ出す人々。
正助・ユリ・あゆみ・ミナミ・タケコが同じ方向に去る。

ホクト・オトメ・カシオの三人による狩りが始まる。
逃げまどう赤峰・桃山・白木。兵士たちも必死で抵抗するが、歯が立たない。

19　正助

別の場所。正助・ユリ・あゆみ・タケコの三人が駆け込んでくる。みんな息があがってしゃべれない。

ユリ　ダメ……もう死ぬ。もう動けない……。
正助　ここは？
タケコ　地下の物置よ。ここに隠れてれば、当分は大丈夫。（苦しそう）
あゆみ　ねえ……何でアタシら逃げたの？　なんかしたっけ？
ユリ　な、なんかその場の勢いっていうか――
あゆみ　だいたいさぁ、オカマが逃げろなんて言うから……。
タケコ　アタシは、あの兵隊たちに言ったのよ。これ以上、あの子たちに血を流して欲しくなかったから。
正助　（異変に気づく）おい。ちょっと――
あゆみ　だったら、コソコソ逃げることないじゃん。堂々と出てけば――
ユリ　ダメよ！　この遺跡、いつ崩れるか分からないのよ。しばらくはここで様子を見ましょう。
あゆみ　崩れる？　ねえ、崩れちゃったらどうやって帰るわけ？　満月は、今夜なんだよ！

ユリ　せめてあと数時間、日が沈むまでもってくれるのを祈るしかないわね……。
あゆみ　冗談キツイよ～。（しゃがみ込む）
正助　おい！
あゆみ　なに！
正助　あの子がいない……。
タケコ　え？（見回して）ミナミ！
あゆみ　はぐれたの？（気づく）先生！　途中まで手ぇつないでたよね？
ユリ　ああ、あの子なら黒崎さんが――
正助　黒崎？
ユリ　ええ。オレが連れていくって言って――
タケコ　どういうこと？
正助　……なにをするつもりなんだ？
ユリ　なにって？
正助　さっき言ってたじゃないか。ニセモノの幸せなんか、粉々にしてやるって……。
ユリ　じゃあ――
正助　あの子を使って、何をしようって言うんだ……。

すると、頭上から建物がきしむ大きな音がする。みんなが天井を見上げる。

タケコ　ここじゃ危ないわ。もっと奥へ――

正助が反対方向に向かって走り出す。

ユリ　どこ行くんですか⁉
正助　あの子をこのままにはしておけない。ボクが見つけてきます。
タケコ　今出ていくのは危険よ！
正助　わかってます。これでも戦場がどんなモノかは、知ってるつもりですから。
ユリ　じゃあ――
正助　もう逃げたくないんだ。
あゆみ　え？
正助　オレは、あの戦場から逃げた。自分の命が惜しかったからじゃない。平和な時代をぬくぬくと生きてきたオレには、あの光景は堪えられなかったんだ。そして、思った。この世界には永遠など存在しないんだと。人はいつか死に、友情さえも簡単に憎しみへと変わってしまう。そして、オレたちはそのことに気づきながら、自分だけは平和なフリをして、平気な顔をして……。
ユリ　木戸さん……。
正助　行かせてください。ここで行かなければ、オレはこれ以上先に進めない。
タケコ　……お行きなさい。そして、その目で世界の姿を見てらっしゃい。……今度は目をそらしちゃダメよ。

正助　はい！

正助が走り去る。タケコとユリが奥へ行こうとするが、あゆみが動かない。

ユリ　（気づいて）どうしたの？
あゆみ　先生……なんで？
ユリ　え？
あゆみ　だれが世界をこんな風にしたの？　アイツらが一体何したって言うの？
ユリ　西野さん。
あゆみ　生きるってことがこんなにつらいなんて、アタシ全然知らなかった。アタシ……何にも知らなかった。

ユリがあゆみを抱きしめる。ふたたび、遺跡が大きくきしむ。

タケコ　さ、早くこっちへ！

タケコにうながされて、ユリとあゆみが奥へ去る。

20　しあわせ

赤峰が転がり込んでくる。その背後からゆっくりとホクトが迫る。

赤峰　や、やめろ！　来るな〜！

オトメとカシオが退路をふさぐ。刀を振り上げるホクト。赤峰が悲鳴をあげてしゃがむ。
次の瞬間、銃声が響く。ホクトが止まる。黒崎が姿を見せる。

黒崎　もうその辺でやめとけ。どうせ、この遺跡ももってあと少しだ。そうなりゃ、オマエらの姿も永遠に消えちまう。わざわざそいつを連れていくこともないだろう。
赤峰　黒崎……。
カシオ　……オレたちの遺跡がなくなる？
黒崎　この音が聞こえないのか？

遺跡がきしむ音がにぶく響き渡る。三人の顔色が変わる。

オトメ　……ホクトぉ。
黒崎　オマエらに土産だ。（袖をみる）
三人　……？

ミナミが出てくる。三人が武器を下ろす。

赤峰　おい！　大事な切り札だぞ！
黒崎　うるさい！　……黙って見てろ。
赤峰　……。
オトメ　ミナミ……。（両手を広げる）
ミナミ　……。（近づかない）
カシオ　どうしたんだ？　来いよ。オマエを助けに来たんだぞ。（近づく）
ミナミ　……。（あとずさり）
オトメ　……どうしたの？
カシオ　（気づいて）そうだ！　ホクトが叱ったからじゃないか？
オトメ　ホクト、笑って。……ほらぁ！（催促）
ホクト　（しぶしぶとぎこちない笑顔を作る）……。
カシオ　ミナミ、おいで。

ミナミが三人のそばに駆け寄る。ふたたび遺跡が大きくきしむ。全員が天井を見上げる。

黒崎　出ろ……。
赤峰　え？
黒崎　潰されたくなければ、出てろって言ったんだ！
赤峰　！

赤峰がヒィヒィ言いながら去る。黒崎が三人をにらみつける。

黒崎　さっきも言ったが、この遺跡は今夜限りだ。さあ……どうする？
三人　……？
黒崎　……どっちを選ぶ？　そいつ（ミナミ）を一人置いて行くのか。それとも、連れていくのか。
ホクト　つれていく？
黒崎　このさき、オマエら抜きでそいつが生きていける確率は限りなく低い。みじめにのたれ死ぬかもしれないぜ？　さあ……どうするんだ？

ホクトが手にした刀を見つめる。そこへ、正助が駆け込んでくる。

正助　やめろ！　……ホクト、バカなこと考えるな。
黒崎　（舌打ち）何しにきやがった。
正助　アンタこそ、何をたくらんでるんだ？
黒崎　人聞きの悪い。これでも人助けのつもりなんだがな。
正助　人助け？
黒崎　こいつらの父親は、人類を見捨てコイツらを取った。世界中の人間が最愛のモノを奪われていってるあいだ、コイツらは親子5人、この遺跡でささやかでも幸せに暮らしていたんだ。青柳が作り上げたニセモノの世界の中でな！
オトメ　ニセモノ？
黒崎　だってそうだろう？　オマエらが生きてようが死んでようが、永遠にそいつのそばにいられるわけじゃない。どんなに愛し合った恋人だろうが、親兄弟だろうが、いつかは引き裂かれる。……だが、この遺跡のなかだけは別だ。この世界だけは、そんな運命さえも思いのままなんだろ？　だから、……選ばせてやるよ。この茶番の結末を、オマエら自身にな！
正助　やめろ！
黒崎　（ホクトに）オマエが決めろ。置いていくのか……連れていくのか。
ホクト　……。
カシオ　ホクト……。

ホクトが突然ミナミをセンターに引きずり出す。

正助　何をするんだ！

ホクト　（正助に）黒崎の言うとおり。遅かれ早かれこういう時がくるのは分かってたのに、それに気づかないフリをして……。アタシたちだけは「永遠」を手に入れたと思いこんで。でも……もう、終わりにしないと。

ホクトがミナミを見つめる。

ホクト　この世に生まれた時から、すでにこの子の不幸は始まっていたのかもしれない。人の言葉が理解できず、だから、その裏に潜む悪意にさえ気づかない可哀想な子。

正助　悪意？

ホクト　砂糖菓子みたいに甘くて、ガラスのようにモロいアタシたちの天使……。この子を汚さずに守ろうとすればするほど、アタシたちは罪で汚れていったわ。そのことが苦しくて苦しくて……いっそ、この子さえいなくなればって考えたこともある。この地獄のような世界でこの子だけは何も知らずに笑ってるのが許せないと思ったコトだって――

オトメ　そんな――

ホクト　オトメだってそうでしょ？　カシオだって……ホントに一度も考えなかった？

二人　……。

ホクト　この子がアタシたち抜きで生きてくのなんて、絶対にムリ……。だから、この子の不幸をアタシが終わらせてあげるの。世界を見ずに死ねば、自分の不幸にも気づかずにすむもの。

ユリ　どうしてその子が不幸だって思うの！

振り返るとユリとあゆみが立っている。

ユリ　そこまでアナタたちに大切にされて……それでも不幸だって言うの？

オトメ　先生……。

ユリ　ミナミちゃんが銃に触っただけで、あなたはスゴイ剣幕で怒ったわよね。ミナミちゃんのことを愛してなきゃ、あんな叱りかたできない。

ホクト　……。

ユリ　この子は不幸なんかじゃない。

ホクト　（鼻で笑って）そんなこと……なんで分かるの？　この子に聞いたの？　この子が一度でも幸せだって言ったの？

ユリ　それは――

ホクト　どんなにこの手を汚しても、この子が幸せなのかさえ確かめられない。この子の気持ちなんて、結局だれにも分からないのよ！

あゆみ　分かるよ！　そのくらい簡単に分かるよ。そいつが不幸なハズない。

ホクト　い……いい加減なこと言わないで――

あゆみ　だって……笑ってるモン。

カシオ　え？
あゆみ　そいつ、初めて見たときからずっと笑ってる。ホントに嬉しそうにアンタらのこと見てるよ。一緒にいて、なんで気づかないの？

ホクトたちがミナミを見る。ミナミがホクトの顔を見る。

ユリ　アナタに叱られても、そばを離れようとしない……。アナタを信じ切っているのね。アナタは絶対に自分を傷つけないって、知ってるんだわ。それでも、その子を殺せる？　一緒に連れていくって言うの？
ホクト　（泣き出す）だって……どうしていいか分からないんだもん。もう、何も分からない……。
正助　オマエらの父さんなら……どうしたと思う？
カシオ　お父さん？
正助　この世界の醜さも人間の愚かさも知っていて、どうしてオマエたちを置いて行ったと思う？　この世界に残して死んだと思う？
ユリ　アナタたちに星の名前をつけた人よ。愛していないわけがないでしょう？

オトメとカシオが泣き出す。ミナミがオトメの頭を優しくなでる。オトメがミナミを抱きしめる。

ホクト　……。

みんながホクトたちを見つめる。

ホクト　ミナミ……。
ミナミ　（ホクトを見る）
ホクト　アタシたち……もう、死んでもいい？

ミナミが首をかしげる。

ホクト　もう……お父さんのトコ行ってもいい？
あゆみ　……ホクト。
ホクト　消えていくのはちっとも怖くないの。ただ一つの心残りは、この子に世界の美しさを教えてあげられなかったこと……。
黒崎　オレが教えてやる……。たった一つ、そいつが不幸だとすれば、……それはオマエらの想いに気づかずこれからも生きていくことだ。青柳には深い恨みがあるんでな。そいつには容赦なく世界の厳しさを教えてやる。だが……いつか分かるときがくるだろうさ。自分には三人の兄弟がいたこと。そして、自分を守るために、罪を重ねてきたこともな。

天井が大きく崩れはじめる。あゆみが倒れる。

黒崎　そいつを渡せ！　……早く！

ホクトがミナミを突き飛ばす。黒崎がミナミの頭に自分のコートをかぶせて去る。

正助　マズイ！　崩れる！

あゆみが頭を抱えて叫ぶ。ユリがあゆみの上に覆い被さる。

21　美しい世界へ

満月の青白い光が遺跡の中に射し込む。ゆっくりと遺跡が光りはじめる。崩れが止まる。

正助　？　……崩れが止まった。
ユリ　え？
あゆみ　先生！　……あれ。（指さす）

あゆみが指さすほうを全員が見る。とびらがゆっくりと開きはじめる。やがて、電車の通過音や救急車の音が聞こえてくる。都会の喧噪が遠くから響いてくる。

ホクト　今日は満月だったんだ。よかった……最後に見られて。
あゆみ　あれが、アタシたちの世界……。
ホクト　ミナミには見えてるのかな、この景色……。
オトメ　キレイ……宝石箱みたい。

ホクトがもう行ってしまったミナミに語りかける。

ホクト　ミナミ……見える？　昔は地上にもこんなにいっぱいの光があったんだよ。遠い昔はね、夜空だけじゃなくて地上にもお星さまがいっぱい落ちてたんだって。そして、そのひとつひとつの光が世界中に散らばってる「幸せの目印」だったんだって。

カシオ　幸せの目印？

ホクト　もう二度とそんな時代は来ないかもしれないけど……それでも、生きていけるよね。お父さんのお父さんも、そのまたお父さんもそれぞれの世界を精一杯生きてきたんだから。

ユリ　……。

遺跡が最後の崩壊をはじめる。

正助　早く！　扉のむこうへ！

ユリ　行くわよ！　さあ、立って！

あゆみ　でも――（振り返る）

ユリ　生きるのよ！

あゆみ　……。

ユリ　アタシたちにできるのは、自分たちの世界で精一杯生きてくことだけなの。悲しいけど……それしかないの。

正助　早く！

あゆみとユリが扉の向こうに駆け込む。
遺跡の崩壊とともに、消えていく三人をホクトたちが優しく見つめている。
あゆみの声が響く。

あゆみ　アタシたちがスクリーンの向こうに最後に見たのは、凄まじい轟音と砂ぼこりをあげながら崩れ落ちる記憶の遺跡の姿だった。数々の人生を見守り、そして見送った小さな古い映画館。その歴史が、いま終わる。そして、その光景が消える間際、アタシは聞いた。その崩れていく建物の中から響く、子どもの笑い声を……。

どこからか響いてくる笑い声。
ホクト・オトメ・カシオが懐かしそうに微笑む。幸せだった頃の夢を見ている。
天井が最後の軋みとともに崩れ始め、星くずのように降ってくる。
三人が上を見上げる。
凄まじい轟音とともに、記憶の遺跡が永遠の眠りに就く。

暗転。

22　未来

ある日曜日の昼下がり。都会の喧噪が遠くに聞こえているが、どうやら大きな公園らしい。あゆみがやってくる。携帯電話でだれかと話をしている。

あゆみ　うん、そう。今から映画。マナミは？　今起きたばっかり？　――（笑って）ダメじゃん！

あゆみがだれかを捜すようにあたりを見回す。

あゆみ　え？　――だからぁ、彼氏とかそんなんじゃないってば――だれとって……いいじゃんだれでも！　――だから、ちーがーうってば！（気づいて）あ、来た。じゃあね、もう切るから。バイバイ！

あゆみが携帯を切る。向こうからユリが走ってやってくる。

ユリ　(息が荒い) ゴメンね。遅れちゃって……。
あゆみ　先生から誘っといて、遅刻はないんじゃない?
ユリ　大人は支度が大変なの! (あゆみの携帯を見て) あら? だれかと電話?
あゆみ　ああ……桐野マナミ。今から映画っつったら、彼氏できたのかってしつこくてさ。
ユリ　私と一緒だって言えば?
あゆみ　ヤダよ! 担任と映画なんて、アタマおかしくなったと思われちゃうよ。
ユリ　失礼ねぇ……。
あゆみ　ねえ、それより何見る? アクションもの? それとも、ラブ系?
ユリ　(笑って) なんか楽しそうね。受験勉強のストレス溜まってるんじゃない?
あゆみ　だって、久しぶりの映画館だモン。あれからしばらくは行く気がしなくってさ。
ユリ　……そうね。
あゆみ　今でも信じられないんだ、自分の身に起こったこと……。向こうでアイツらに出会って、毎日が楽しくて、そして別れが死ぬほど悲しかったのに、こっちに戻ってきた途端、また元の自分に逆戻り。友達と毎日くだらないコトしゃべってばっかり……。ホント、バッカみたい。
ユリ　いいじゃない、バカで。
あゆみ　え?
ユリ　私の祖父がよく言ってたわ。世の中には2種類のバカがいるって……。
あゆみ　2種類のバカ?
ユリ　一つは、自分たちの意地のために、子供たちの遊び場に数え切れないほどの地雷を埋めるバカ。

あゆみ　……で、もう一つは？

ユリ　これから生まれてくる子供たちのために、桜の苗木を嬉しそうに植えるバカ。たとえ、満開の花を自分が見られなくてもね。そして、祖父は必ず私にこう聞くの。「オマエならどっちのバカになりたいか？」って。

あゆみ　地雷を埋めるバカと、桜を植えるバカ……か。

二人が黙り込む。遠くで、町のざわめきが聞こえている。

ユリ　（思い出して）そうだ。木戸さんから、エアメールが届いてたんだ。

あゆみ　早く言ってよぉ！

ユリがバッグをあさって、手紙を取り出す。

ユリ　はい。これ。（あゆみに手渡す）

あゆみ　……正助の字だ。懐かしい。

ユリ　木戸さん、でしょ？

あゆみ　ねえ……読んでもいいの？

ユリ　もちろん。

あゆみ　やったぁ！

あゆみが正助の手紙を読み始める。

あゆみ　「拝啓、一ノ瀬ユリ先生。早いもので、あれからもう1年近くの月日が経つんですね。あの生意気なオバさんギャルともども、元気にしていま――」オバさんギャルぅ？

ユリ　ほらっ、続き続き……。

あゆみ　（しぶしぶ）「と、堅苦しいあいさつはこれぐらいにして、近況報告を……。この間も書いたように、ボクは今こうしてふたたび戦場に立ち、殺伐とした毎日を送っている。不思議なもので、この血と汗と砂ぼこりで薄汚れた町でも、夜になれば空には満天の星が――」

あゆみの声がやがて正助の声に変わっていく。少しずつあたりの風景が変わり始める。

正助　「この間も書いたように、ボクは今こうしてふたたび戦場に立ち、殺伐とした毎日を送っている。不思議なもので、この血と汗と砂ぼこりで薄汚れた町でも、夜になれば空には満天の星が宝石のように散らばり、ここが戦場だということを忘れるくらいだ。そのせいか、ボクはこの頃またおかしな夢を見るようになった。」

別の場所にミナミがやってくる。大きなジョウロを手に花壇の花に水をあげている。

そして、なぜかエプロン姿の黒崎。ミナミを呼びに来たのか、仏頂面でフライパンをおたまで叩いている。ミナミの首根っこをつかむが、ミナミが指さす先に小さな芽が出ているのを見て、ミナミと一緒にしゃがみ込む。

正助「それはたぶん、人が赤ん坊として生まれるまえの記憶……。まだ小さな魚の姿をしたボクたちが星の海を泳いでいる。宇宙の果てにある青い星を目指して、たくさんの仲間たちと一緒に、何万光年も、もうずっと旅をしている。そして、長い長い旅のはてに、やっとこの星にたどり着く。はじめは大勢いた仲間たちがほとんどいなくなり、ひとりぼっちになっても、不思議とさびしくはない。ボクたちはこれから人として生まれ、誰かを愛し、裏切り、傷つけ、そうやって罪を積み重ねながら生きていくんだから。」

ここはどこかの戦場。遠くでは、迫撃砲や銃撃戦の音が響いている。その激しい戦場の片隅で、正助が走り回っている。悲惨な世界の現実から逃げようともせず、カメラのシャッターを切りながら、ガレキのあいだを駆け抜ける。

正助「先生。やはり世界は今も確実に、破滅へと向かっている。そして、そのシナリオを変えるには、ボクたちの力はあまりにちっぽけだ。だけど、それでもこの満天の星空を見ながら、ふと思うんだ。アイツらは今ごろドコを泳いでいるのだろうか、と……。アイツらがこの星にたどりつく頃、きっとボクらはもういない。それでも耳をすませば、アイツらのかすかな鼓動を感じる

ことはできる。そして……もうすぐヤツらはやってくる。何万光年も旅をして、この小さな青い星で生きていくために。……ただ、それだけのために。」


センターの扉が開くと、ホクト・カシオ・オトメが立っている。

武器を手に戦場のような世界に飛び出していく。自分の手を血や罪で汚しながら、それでもその目は、遠い未来をまっすぐに見つめている。


ユリとあゆみが空を見上げる。

黒崎とミナミが空を見上げる。

正助がセンターに立ち、ゆっくりとカメラを構える。

やがて遠い未来に生まれくるひたむきな人生（いのち）を、フィルムという名の大地に焼き付けていく。……正助がシャッターを切る。


——幕——

あとがき

自分の書いた脚本が出版される。

まさか自分の人生でそんなことが起きるとは、夢にも思っていなかった。そもそも芝居自体を習い事感覚で始めてしまった自分にとって、「脚本家」という今の自分の立場さえ、未だに現実として実感できていない気がするからだ。

他の脚本家の皆さんはどうか分からないが、私の場合、脚本を書き始めたコト自体がまさに不本意な成り行きだった。今の劇団を仲間数人と立ち上げる際、私以外の全員の意見で「座付き作家」に任命されたのである。

しかし、いきなり脚本を書けと言われても、それまでの私は役者としての経験さえ乏しく、スタッフとしても小道具や音響補助をかじった程度。そんな自分が芝居の中核である脚本・演出をやるなど想像しただけで恐ろしく、散々ごねた挙句に、本名でなく「石井亮」というペンネームでのデビューを仲間に認めさせたのだ。

つまり「本名でオリジナル脚本なんか書いて、もしコケたらどうしてくれるんだ！」という、一種の「逃げ」であり、ちっぽけな自尊心が傷つかないための「予防線」というわけである。

まあ、そんな見苦しい悪あがきを繰り返しながら何とか書き上げた処女作『紫雲の涯て』は、じつは私の大学の卒論テーマから生まれたのだが、それが今では国内だけでなくヨーロッパや韓国など海外においても一番多く上演されている作品なのだから、人生何事も挑戦してみるモンである。

そう考えると、あの日、自分のような未熟者に「劇作家」という新しい道を与えてくれた勇敢な（無謀な？）仲間たちには、心底感謝すべきなのかもしれない。


では、そろそろ収録作品に関して、執筆にあたってのいきさつなどを紹介していきたい。


まずは『まほろば物語』について。

タイトルにある「まほろば」とは、日本の古い言葉で「素晴らしい土地」「理想郷」といった意味がある。子供のころ誰もが胸に抱いていた夢や空想の世界を「まほろば」という言葉で表現することで、少年時代の夢を脱ぎ捨て、やがては冷徹な企業家に登りつめた一人の男の人生を描きたかった。

道端に転がる名も無い石ころでさえ、どんな宝石よりも輝いて見えた幼い日々。しかし、少年は自身に襲いかかる過酷な現実を生きていくため、少年時代に別れを告げるのだ。

実は、この作品に出てくる少年のモデルは、私の父親だったりする。

彼は作品中の少年と同じく、幼い頃から家がとても貧しかったため、その日食べる物にも不自由していたそうだ。もちろん大学進学など叶うはずもなく、結局は高校卒業後の安定した就職先として国家公務員を選んだ。

そんな父がある日、まだ中学生だった私にこう言った。

「人間にとって一番の悲劇は『貧しさ』だ。今日明日を食いつなぐ金さえ無い恐怖とみじめさは、それを味わった者にしか分からない」

きっぱりとそう言い切った父の言葉は、まだ思春期だった私の心に深く突き刺さった。

奇しくもこの本を書いた二〇〇八年には一〇〇年に一度と言われる「世界不況」が始まり、年が明けた二〇〇九年の一月現在、仕事も住む家も失った人々のニュースが連日のように流れている。

生きていくため、家族を養うために「仕事をくれ！」と叫び続ける彼らの姿は、どこか作品中の少年の姿と重なり、そしてそんな時期にこの作品を出版するという巡り合わせには、何かしら運命的なものを感じずにはいられない。


次に、もう一つの収録作品『永遠―えいえん―』について。

それまで「友情」や「夢」や「青春」という比較的ポジティブなテーマを扱ってきた自分が、なぜか「破滅」という、最もネガティブなテーマで作品を書いてみたくなった。

これを書いた前年の二〇〇三年には、アメリカがバグダッドへの空爆を開始し「イラク戦争」が始まった。その他にも、ＳＡＲＳや鳥インフルエンザの流行など、未知のウイルスへの恐怖も高まりはじめた頃だ。

人間はいつまでたっても過去から学ぼうとせず、私利私欲のために自然や弱者を痛めつけている日々のニュースを見ながら、ふと「いっそのこと人類のほとんどが死滅したら、地球はどうなるんだろう。残された人たちは、どう生きていくんだろう」という意地悪な想像が頭をもたげてきたのである。

だが書き進めていくうち、登場人物たちは私の想像の世界を飛び出し、愛する者を失った絶望の中にあっても、痩せた地面に種を植えつづけるのだ。いつか小さな花を咲かせることを信じて……。

結局はどちらの作品も、私自身がまだ「人間の可能性」を諦めきれない、という証明のようで何とも照れくさい。やはりド田舎で育った生来の楽天家には、シュールで衝撃的で斬新なストーリーは書けないらしい。

とはいえ、まだまだ作品数も少ない駆け出し作家。多くの人たちに楽しんでもらえるオリジナル作品を生み出すべく、これからも努力を続けようと思っている。

最後に、今回の出版を提案してくださったＪステージＮａｖｉの島田敦子女史、また何も分からない私を根気強く導いてくださった論創社の森下紀夫氏に、この場を借りて心から御礼申し上げます。

そして何より、この本を手にとってくれた皆さん……本当にありがとう。

この本を読んで少しでも楽しんでいただけたら幸いです。

二〇〇九年一月

石井亮

『まほろば物語』上演記録

上演期間・・・・・・2008年5月17日～24日
上演場所・・・・・・福岡公演　　　早良市民センター大ホール

上演期間・・・・・・2008年9月12日～16日
上演場所・・・・・・東京公演　　　シアターグリーン　BIG TREE THEATER

『永遠―えいえん―』上演記録

上演期間・・・・・・2004年5月20日～24日
上演場所・・・・・・韓国公演　　　馬山オリンピック記念ホール

上演期間・・・・・・2004年6月5日～6日
上演場所・・・・・・福岡公演　　　中央市民センター大ホール

石井亮（いしい・りょう）
福岡県出身。福岡大学日本語日本文学科卒業。主に舞台俳優として活動するかたわら、99年「紫雲の涯て」より劇団SAKURA前戦の脚本・演出を担当。以来、「ポセイドンの娘」「サンセットシンドローム」などのストーリー性を重視した作品を生み出す。2000年からは海外での上演を数多く経験。それ以降、海外での公演を想定したテンポの良い脚本構成に力を入れている。

〒814-0123　福岡県福岡市城南区長尾1-8-26-105
劇団ＳＡＫＵＲＡ前戦　石井亮
〔劇団ホームページ〕　http://www.sakuzen.com

まほろば物語

2009年3月10日　初版第1刷印刷
2009年3月20日　初版第1刷発行

著　者　石井　亮
発行者　森下紀夫
発行所　論　創　社
東京都千代田区神田神保町 2-23　北井ビル
tel. 03（3264）5254　fax. 03（3264）5232
振替口座 00160-1-155266

印刷・製本　中央精版印刷

ISBN978-4-8460-0324-1　http://www.ronso.co.jp